D1096539

C O L L E C T I O N
LITTÉRATURE JEUNESSE

DIRIGÉE PAR ANNE-MARIE AUBIN

VINCENT ET MOI

VINCENT ET MOI

MICHAEL RUBBO

ROMAN

Traduit et adapté par
Viviane Julien

Tiré du film
Vincent et moi

Scénario de
Michael Rubbo

Réalisé par
Michael Rubbo

Photos par
Jean Demers et Bruno Massenet

ÉDITIONS QUÉBEC/AMÉRIQUE

425, rue Saint-Jean-Baptiste,
Montréal, Québec H2Y 2Z7
(514) 393-1450

Données de catalogage avant publication (Canada)

Rubbo, Michael

[Vincent and me. Français]

Vincent et moi

(Collection Littérature jeunesse)
(Contes pour tous ; 11)
Traduction de: Vincent and me.

ISBN 2-89037-520-X

I. Titre. II. Titre: Vincent and me. Français.
III. Collection: Collection Littérature jeunesse
(Québec/Amérique). IV. Collection: Contes
pour tous ; 11.

PS8585.U22V5614 1990 jC813'.54 C90-096663-7
PS9585.U22V5614 1990
PZ23.R82Vi 1990

Dépôt légal:
4e trimestre 1990
Bibliothèque nationale du Québec
Bibliothèque nationale du Canada

Montage: Andréa Joseph

Ce roman a été traduit et adapté par Viviane Julien, auteure de cinq des précédents romans tirés des célèbres Contes pour tous, dont *La Grenouille et la Baleine*, et qui avait également traduit les précédents romans de Rubbo, *Opération beurre de pinottes* et *Les Aventuriers du timbre perdu.*

Vincent et moi

«Le ciel devait être incroyablement bleu ce jour-là», pense Jo en examinant la photo noir et blanc du journal qu'elle tient dans ses mains, «j'ai l'impression de voir la vieille dame en photo couleurs!»

Jo fronce les sourcils en relisant l'entrefilet du journal pour la cinquième fois.

«Dans la jolie ville de Arles vit la plus vieille femme de France. Elle a 114 ans...»

«Et moi 13 ans», murmure Jo, «ça lui donne 101 ans de plus que moi...»

Mais ce n'est pas tant le grand âge de la dame qui fascine Jo, comme le fait que cette vieille dame, alors qu'elle avait elle aussi 13 ans, a reçu chez elle un peintre aujourd'hui célèbre et à qui Jo voue la plus grande admiration: Vincent Van Gogh.

C'est l'idole de Jo, celui qui peuple ses rêves. Que n'aurait-elle pas donné pour le voir, le toucher, lui parler? Hélas, il y a cent ans déjà que Van Gogh n'est plus de ce monde...

Le départ de Jo

Sur le quai de la petite gare, des pas ré-sonnent. Sa natte noire bien fixée au sommet de la tête, une fillette court sur les planches mal ajustées, jusqu'au bout de la plate-forme d'où elle regarde les longues lames métalliques qui vibrent déjà, annon-çant la venue du grand train rouge. C'est Maggie. Première arrivée, comme toujours. Elle trépigne d'impatience. Elle se penche dangereusement sur la voie ferrée et scrute l'horizon. Un vague mouvement au loin à travers les arbres qui bordent la voie, puis un sifflement, sourd et prolongé.

— Le train arrive!

Personne n'a entendu Maggie. Son père vient à peine de tirer du coffre de sa voi-ture la grosse valise de Jo. À la course,

11

Maggie refait son chemin à l'inverse en hurlant à tue-tête.

— Dépêchez-vous! Jo va rater le train!

Le gros nez doré de la locomotive vient en effet de faire son apparition au loin au moment où Jo et sa mère arrivent sur le quai. Jo dépose son grand porte-dessins.

— Dépêche-toi, crie encore Maggie.

Mais rien ne presse encore et Lisa, la mère de Jo, a tout le temps voulu pour donner un dernier conseil à sa fille.

— Ne prends pas trop au sérieux tout ce que grand-mère te racontera, dit-elle en souriant.

Jo a un grand éclat de rire.

— Parce qu'elle est un peu «spéciale», hein?

— Disons, légèrement excentrique, tu le sais bien.

Il faut dire que Lisa s'inquiète un peu du départ de Jo. C'est la première fois que sa fille quitte la maison pour une aussi longue période, mais comment aurait-elle pu lui refuser une si belle occasion? Ce ne sont pas toutes les jeunes filles de son âge qui reçoivent une bourse d'étude pour fréquenter une école d'art pendant les vacances d'été.

Lisa regarde sa fille. Ses yeux sont aussi doux que ceux de Jo sont pétillants et rieurs. On ne peut pas dire que mère et fille se ressemblent beaucoup, l'une avec sa lourde chevelure rousse bouclée et l'autre avec ses longs cheveux noir jais retenus en une queue de cheval qui flotte sur ses épaules toujours en mouvement.

Par contre, Pierre, le frère cadet de Jo, est aussi remuant que la petite Maggie. Et coquin, en plus. Justement, il vient de passer en trombe sous les yeux de sa mère. Pour un garçon de douze ans, quel beau champ de course que les longues planches d'un quai de gare. Lisa a tout juste le temps de crier:

— Attention, Pierre!...

Déjà, il a saisi Maggie par les bras et la fait tournoyer dangereusement au-dessus de la voie ferrée. La petite hurle à fendre l'âme, mais l'espace d'une seconde seulement, car Lisa a attrapé le petit galopin et remis Maggie sur ses pieds. Pierre se sauve en riant. Jo lève les yeux au ciel. Au moins, elle n'aura pas à le supporter cet été, celui-là, c'est déjà ça de gagné!

Le train entre en gare, rutilant, bruyant, claironnant son arrivée comme s'il n'était pas assez énorme pour que tout le monde puisse le voir. Évidemment, personne n'entend le père de Jo qui, essoufflé, vient de déposer la grosse valise sur le quai.

— Qui a dit qu'elle allait rater le train, hein? dit-il à Maggie qui piaffe encore d'impatience. Lisa tend un bout de papier à Jo.

— Tiens, je t'ai écrit l'adresse de grand-mère au cas où elle oublierait de venir t'accueillir au train. Tu prendras un taxi... Ne la perds pas.

Mais Jo est surtout sur le point de perdre patience. Après tout, elle est assez grande pour se débrouiller. Est-ce que sa mère a bientôt fini avec tous ses conseils? Juste au moment où Jo allait réagir, son père l'interrompt en lui tendant un paquet. Jo est interloquée. S'il y a une chose à laquelle elle ne s'attendait pas, c'est bien que son père lui offre un cadeau de départ, vu son manque d'enthousiasme maintes fois exprimé à l'idée de la laisser partir à cette école d'art. Peut-être que la passion de sa fille pour le dessin l'inquiète un peu?

Jo hésite un moment. Doit-elle l'ouvrir maintenant?

— Non, dit son père qui a deviné la question. Tu l'ouvriras dans le train.

Il lui donne un gros baiser sur la joue au moment précis où le visage d'un drôle de garçon apparaît à la fenêtre d'un wagon. Un mince sourire aux lèvres, des petites lunettes rondes à monture noire perchées en équilibre sur son nez, il regarde la scène. Jo commence à s'énerver. Elle saisit la valise que son père allait soulever.

Puisque c'est elle qui part, il est bien normal qu'elle porte ses bagages! Et le train ne va pas l'attendre indéfiniment. Elle court vers la portière avec sa lourde valise, met le pied sur la première marche, mais soudain, catastrophe! Les serrures de la valise cèdent et tout le contenu se répand sur le quai sous le regard amusé du garçon aux

lunettes. Jo est furieuse. Elle soupçonne que ce beau dégât est l'œuvre de cette peste de Pierre, ce en quoi elle a parfaitement raison. Elle n'a même pas le temps de l'enguirlander, le train va repartir sans elle. Toute la famille se précipite pour remettre pêle-mêle les vêtements de Jo dans la valise; surtout Pierre. Mais ses intentions ne sont pas tout à fait l'entraide fraternelle! Il attrape une photo et la brandit sous le nez du garçon qui, de la fenêtre du train, n'a pas raté une seconde du spectacle.

— C'est son petit ami, crie Pierre, ravi de la commotion qu'il a créée.

Jo décoche un bon coup de pied à Pierre, attrape la photo et la fait disparaître dans la valise que sa mère réussit enfin à refermer.

— Vite, le train part, dit son père en grimpant dans le train avec la valise.

Rouge comme une cerise, Jo le suit en lançant un regard noir à son galopin de frère.

Le train bouge en effet. Un à un, les wagons se secouent dans un grand bruit de ferraille. Maggie est terrifiée. Son père est encore à bord.

— Papa, descends!

Il apparaît en riant à la portière et saute sur le quai. Le train s'ébranle. Jo court à la première fenêtre, celle du garçon, et fait de grands gestes d'adieu à ses parents qui n'ont pas encore repris leur souffle.

— T'as une famille sympathique, dit la voix timide et légèrement moqueuse du garçon à côté d'elle.

Jo ne lui accorde pas la moindre attention. Penchée à la fenêtre, elle continue d'agiter la main. Le garçon répète un peu plus fort:

— Ta famille est sympathique...

Jo lui lance un rapide coup d'œil, l'air de dire «De quoi tu te mêles?» Elle réplique sans le regarder:

— En fait, je ne peux pas la supporter!

— Vraiment? dit-il, incrédule.

Les yeux moqueurs, Jo s'exclame:

— Es-tu toujours aussi naïf?

Heureusement qu'un incident sur le quai vient le tirer d'embarras, parce que le pauvre garçon n'aurait pas su quoi répondre. Alors que le train accélère, un jeune homme arrive à la course et brandit un appareil photo dans les airs. Il hurle comme si sa vie en dépendait:

— Eh, Jo, tu allais partir sans que je prenne ta photo?

Jo a à peine le temps de tourner la tête. Un éclair l'éblouit. Un seul, parce que le train s'éloigne de plus en plus vite et le quai de la petite gare disparaît derrière l'écran des arbres qui bordent la voie ferrée.

Encore des galopins

Jo s'éloigne aussitôt de la fenêtre. Enfin elle va pouvoir se retirer dans son compartiment et ouvrir le présent de son père... mais le garçon à lunettes lui colle aux talons.

— Je m'appelle Félix, dit-il en essayant de la suivre dans le compartiment.

Jo l'examine de la tête aux pieds pendant une longue seconde.

— Ça te va comme un gant!

Mais Félix est encore plus curieux que timide. Il insiste!

— C'est qui ce bonhomme qui a pris ta photo?

Même si Jo n'ose pas se l'avouer, elle est quand même un peu flattée de l'intérêt que lui porte Félix. Elle hausse les épaules:

— C'est seulement Tom Mainfield. Il est reporter au journal. Il s'amuse à prendre ma photo de temps à autre...

Félix est de plus en plus intéressé.

— Pourquoi? Tu es célèbre?

Jo a un petit sourire en coin.

— Évidemment! Pas toi?

Félix n'a pas le temps de répondre, Jo l'a refoulé dans le couloir et lui a claqué la porte au nez. Enfin, elle est seule. Elle va pouvoir déballer son présent. Ses yeux brillent de plaisir lorsqu'elle aperçoit la page couverture du gros livre qu'elle tient sur ses genoux. Et pas n'importe quel livre! Le plus beau, le plus complet des ouvrages sur les tableaux et la vie de Vincent Van Gogh. Jo l'a feuilleté souvent à la bibliothèque, mais jamais elle n'aurait rêvé de l'avoir pour elle toute seule! Elle murmure un gros merci à son père en contemplant le portrait du peintre qui, le visage très sérieux, semble lui retourner son regard. Jo rêve. Par la fenêtre du train, elle regarde le paysage qui défile à haute vitesse sous ses yeux comme un long ruban qui se déroule, mêlant les formes et les couleurs, créant et recréant autant de petits tableaux que Vincent lui-même aurait pu peindre. Il y a cent ans cette année que le peintre est mort. Jo ferme les yeux. C'est long 100 ans!

«Y avait-il des trains à ton époque,

Vincent?» se demande Jo. Bien sûr. Elle se rappelle même avoir vu un dessin du peintre: un drôle de petit train qui avait l'air d'une boîte carrée sur quatre roues. «C'est à bord de ce train que tu as fait le voyage Paris-Arles?»

Jo connaît presque toute l'histoire de la vie de Van Gogh. Elle est tellement fascinée par ce peintre qu'elle a pratiquement l'impression qu'il n'existe que ses peintures au monde. Elle ouvre le livre. Elle se l'imagine marchant le long d'une petite route bordée d'arbres aux branches tordues. Sur sa tête, son fameux large chapeau de paille qu'il a peint des dizaines de fois. Jo tourne une page.

Soudain, la porte du compartiment s'ouvre. Une tête apparaît:

— Comment trouves-tu mes spectaculaires nouvelles lunettes?

Félix n'attend pas la réponse évidemment, il a trop peur de se faire fermer la porte au nez.

— Ce Tom Mainfield, continue Félix sans reprendre son souffle, pourquoi il s'intéresse tellement à toi?

Jo est exaspérée. Encore lui? Et il vient la déranger alors qu'elle rêvait à Vincent. Encore plus peste que son frère! En plus, il se croit irrésistible avec ses petites lunettes de broche de vieille bonne femme... Elle se lève brusquement, ramasse ses affaires et file dans le couloir en passant sous le nez de Félix.

— Tu vas me laisser tranquille, non? Je veux regarder mon livre en paix!

Félix est dépité.

— T'es pas trop sociable, hein?

Jo ne répond pas. Elle ne va quand même pas se laisser empoisonner par un garçon de douze ans. Il y a sûrement un wagon-salle de repos au bout du train. Jo espère y trouver le calme nécessaire pour se replonger dans son magnifique livre.

Elle avance dans le couloir, ballottée par le mouvement du train qui file à toute allure.

Tout à coup, elle est bousculée par deux gamins qui se poursuivent en courant dans le couloir, sans prendre le temps de s'excuser, bien sûr. Elle les voit grimper le petit escalier qui mène à la plate-forme observatoire du wagon. Ils n'ont sûrement pas plus de six ou sept ans, mais ils sont déjà aussi polissons que Pierre. Pauvre Jo qui croyait avoir enfin découvert un petit coin de tranquillité. Elle entend la voix exaspérée de la mère qui appelle les deux garnements. Pas de réponse évidemment.

Jo a perçu la fatigue et un brin de découragement dans le ton de la mère. Elle croise son regard alors qu'elle prend place sur un siège en face d'elle. Un sourire timide aux lèvres, la dame excuse les petits.

— Je suis navrée, le voyage est un peu long pour eux.

Jo comprend très bien. Sa mère a exactement le même air lorsque Pierre est à son meilleur!

Les garçons viennent de dévaler l'escalier et se précipitent vers la porte arrière du wagon. L'aîné secoue violemment la poignée qui, si elle cédait, ouvrirait la porte toute grande sur la voie ferrée. C'est la goutte d'eau qui fait déborder le vase.

— Benoit! Mathieu! Vous vous asseyez immédiatement, vous m'entendez? Benoit, je compte jusqu'à trois...

«À les voir réagir, leur mère pourrait bien compter jusqu'à cent», se dit Jo en voyant les garçons effectuer un virage de 180 degrés et reprendre le couloir dans l'autre sens.

Évidemment, Jo n'a aucune raison d'intervenir, sauf peut-être celle de soulager une mère au bord de la crise de nerfs! Elle n'a pas le temps de réfléchir. Elle attrape les garçons au passage et les mène résolument à leurs sièges à côté de leur mère, légèrement étonnée.

— Eh, ça suffit, les garçons!

C'est davantage la surprise que le ton autoritaire de Jo qui les assagit brusquement. Sûrement ça ne va pas durer. Jo pense vite. Elle s'assied en face d'eux et tire un grand bloc-notes de son carton à dessins.

— Si vous êtes sages, j'ai une surprise pour vous.

Les garçons ont repris leur souffle. Ils la lorgnent, méfiants. «Qu'est-ce qu'elle nous veut, celle-là?»

— C'est quoi ta surprise? demande l'aîné.

— Je suis une grande artiste et je vais dessiner ton portrait, dit-elle d'un ton solennel.

Elle fait une pause dramatique.

— Normalement, je demande cent dollars. Pour toi, ce sera seulement cinquante...

Le petit Mathieu est impressionné, mais Benoit, lui, sait du moins compter jusqu'à cinquante. Il proteste:

— Je n'ai pas cinquante dollars!

Même le sourire de soulagement de la mère s'évanouit un moment. Elle regarde Jo qui feint la surprise.

— Quoi? Tu n'as même pas cinquante dollars?... En fait, mon premier dessin est toujours gratuit, mais surtout, tu ne dois pas bouger, même pas le petit doigt!

À grands traits de crayon, Jo dessine. Le visage du garçon se précise peu à peu sur la feuille blanche, tandis que les yeux de Jo vont rapidement de l'un à l'autre.

— Merci, murmure la mère reconnaissante, j'avais presque renoncé...

Jo ne répond pas, elle est concentrée. Son crayon danse sur le papier.

— Tu aimes beaucoup dessiner?

Sans cesser d'observer les yeux sceptiques de Benoit qu'elle reproduit, Jo rit:

— Oui, mais ce ne sont pas tous mes modèles qui sont patients!

Le rire de la mère fuse à son tour.

— Quelle bonne idée d'avoir vos portraits, hein, les garçons?

Le fusain est terminé, la ressemblance est frappante. Jo tend le dessin à l'enfant. Il est ébahi:

— Maman, regarde, c'est moi!

Du bout du wagon, appuyé au cadre de la portière, quelqu'un observe la scène à l'insu de Jo. La mère s'exclame:

— Oh! C'est fantastique, tu es très douée!

— Et toi? demande Jo au petit Mathieu qui regarde le dessin de son frère avec envie.

— Je n'ai pas cinquante dollars moi non plus, dit-il piteusement.

Jo est sérieuse, elle a l'air de réfléchir, puis:

— Eh ben, tu as de la chance, le deuxième portrait est gratuit aussi parce que c'est dimanche.

Le visage du petit s'épanouit. Jo a repris son crayon. Elle est manifestement à l'aise, en plein dans son élément. Elle travaille vite.

Un peu intriguée par le talent évident de Jo, la dame demande:

— Tu étudies le dessin? Tu vas à Montréal?

— Oui, j'ai eu une bourse pour étudier dans une école d'art cet été...

Oh! Oh! Quelqu'un vient d'ouvrir les yeux... et les oreilles.

Jo a pris place à côté de la dame pendant que les gamins examinent et comparent sagement leurs portraits. De son grand porte-dessins, Jo tire un gros cahier.

Elle n'est pas fâchée de montrer ses œuvres. Ce en quoi elle n'est d'ailleurs guère différente des autres. Qui n'aime pas être apprécié, reconnu, voire même un peu louangé pour ses réussites dans la vie?

— Je ne fais pas seulement des dessins, je fais de la peinture aussi.

Ce n'est qu'au moment d'ouvrir le cahier qu'elle a perçu la présence d'un spectateur. Dès que Jo a sorti son cahier, Félix a en effet quitté le cadre de porte d'où il l'observait. Il étire le cou pour apercevoir les peintures, ce qui a pour effet instantané de freiner l'enthousiasme de Jo. «Ce qu'il peut être embêtant, celui-là!» Elle referme un peu la couverture et tente d'ignorer l'importunant personnage.

— Ça, c'est un dessin de notre maison, et celui-ci, c'est le pré derrière notre ferme.

— Ils sont magnifiques, dit la dame.

— Certains disent que je peins beaucoup à la façon de Van Gogh, explique Jo.

Félix a malgré tout réussi à apercevoir un coin des peintures. Il ne peut pas résister.

— Très Van Goghtien, en effet, dit-il, moqueur.

Jo lui décoche un regard noir. Heureusement, pour une fois, le petit Mathieu intervient au bon moment.

— C'est qui ça Van... Van quoi?

Hélas, Félix rate une belle occasion de se taire.

— Un peintre qui s'est coupé une oreille... complètement fou.

Cette fois, c'en est trop. Jo est furieuse.

— Je t'interdis de dire qu'il était fou. Mais stupide, ça, toi tu l'es!

Bon, maintenant que les enfants sont calmés, voilà la pauvre dame empêtrée dans une autre petite guerre. Elle intervient aussitôt:

— Et pourquoi tu t'intéresses tellement à ce peintre?

Tout juste la bonne question qu'il fallait pour lancer Jo sur son sujet favori, même en présence de Félix.

— C'est arrivé l'année dernière. J'ai été très malade et le médecin a dû m'hospitaliser. Il n'était pas sûr que j'allais m'en sortir.

Un éclair de surprise passe sur le visage de la dame. Une si jeune fille? Même Félix est impressionné. Jo continue:

— Évidemment, vous pouvez imaginer combien j'étais découragée. J'étais sûre que j'allais mourir et je voulais au moins que ce soit dans la beauté, alors je demandais à tout le monde d'apporter des fleurs...

Les yeux de Félix s'agrandissent encore un peu. Doit-il vraiment la croire?

— Mais figurez-vous, j'ai un vieil oncle qui est un peu farfelu. Il s'appelle Rock. Il n'écoute pas toujours quand on lui parle, et de toutes façons, même s'il entend, il fait toujours à sa tête. Alors, au lieu de m'apporter des fleurs comme tout le monde, il a choisi des tableaux de fleurs, tous du même peintre, Vincent Van Gogh. Il en a couvert les murs de ma chambre. Je les

voyais constamment, partout, et petit à petit, j'ai senti comme une force qui en émanait, une énergie qui me pénétrait...

Félix a oublié de refermer la bouche.

— ... j'ai compris tout à coup que je n'allais pas mourir. Non seulement j'allais recouvrer la santé, mais j'allais devenir une artiste-peintre comme lui. Ç'a été une découverte extraordinaire. Moi qui ne connaissais absolument rien en peinture, je me suis mise soudain à dessiner tout le monde: les médecins, les infirmières, les visiteurs! Le plus fantastique, c'est que chaque jour, je prenais du mieux. Personne n'en croyait ses yeux. Depuis, il est mon héros. Je veux dire, Vincent, évidemment. Je pense à lui constamment... Il a eu une vie tellement difficile. Si seulement je pouvais le voir sourire...

Jo est perdue dans sa rêverie. Son regard glisse sur les paysages qui se succèdent à la fenêtre du train. De nouveau, sur les tableaux qui naissent sous ses yeux, elle imprime les vives couleurs de Van Gogh.

Est-ce la secousse du train qui ralentit qui vient de ramener Jo à la réalité? Elle frissonne un peu et sourit à la dame.

— ... Ce serait bien impossible de le voir sourire, n'est-ce pas? Puisqu'il est mort depuis cent ans...

* * *

Le train est entré en gare. Au milieu des passagers qui se bousculent, Jo attend sur le quai, sa valise à côté d'elle. Elle n'est pas inquiète, mais elle ne peut s'empêcher de constater que les appréhensions de sa mère étaient probablement fondées: grand-mère n'est pas là! Elle aura sans doute oublié le jour et l'heure d'arrivée de Jo.

Elle hésite un moment, regarde à la ronde, lorsque soudain, elle entend la voix de Félix derrière elle:

— Ce n'est pas ici qu'il faut attendre. Les gens rencontrent les passagers en haut, dans la gare...

Jo toise Félix de haut en bas. Elle est excédée. Pourtant le pauvre ne demande qu'à l'aider, mais Jo s'obstine. Elle pointe le sol:

— C'est bien la gare ici, monsieur?

Félix l'interrompt:

— Non, c'est le quai, et les visiteurs n'ont pas le droit d'y venir...

C'est à ce moment précis que Jo perçoit la commotion. Un personnage coloré fend la foule et se dirige vers elle, bras tendus. Jo ne peut s'empêcher de rire. C'est qu'elle est bien visible, sa grand-mère, avec sa robe à fleurs écarlate et violet, son chapeau grand bord et ses rangées de sautoirs qui dansent sur son opulente poitrine.

Félix recule de deux pas lorsque la vieille dame ouvre les bras pour accueillir Jo sur son cœur. La voix est aussi vibrante que l'apparence est voyante. Elle s'exclame:

— Mamma mia, tu imagines? Ils ne voulaient pas me laisser venir sur le quai!

Un clin d'œil.

— ... mais tu connais Mamie, hein?

Elle plaque deux baisers sonores sur les joues de Jo.

— Ah, Pupa, je suis si contente que tu viennes vivre chez moi!

Jo rit de bon cœur. Elle aussi est contente de redevenir la «Pupa» de sa grand-mère pour un moment. Rien n'a changé, elle est tout à fait pareille à elle-même, y compris son accent italien, aussi prononcé que si elle venait d'arriver de son village natal.

Pendant toute la scène, Félix n'a pas bougé. Grand-mère vient de l'apercevoir, figé comme une statue, à deux pas d'elle. Elle pointe le menton:

— Qui c'est celui-là?

— Je suis Félix, s'empresse de répondre le garçon.

Magnanime, grand-mère approuve. Peu importe son nom après tout, hein? Il est là.

— Perfecto! Sois gentilhomme et apporte la valise de Pupa.

Que peut faire Félix? D'ailleurs grand-mère n'attend pas sa réponse. Elle prend Jo par le cou et se dirige vers la sortie, en laissant Félix tirer la lourde valise de Jo, loin derrière.

Grand-mère en a long à raconter. Veuve depuis plusieurs années, elle s'est maintenant fait un ami qu'elle va présenter à Jo. Un chanteur «western» qui se prend pour Elvis Presley.

— Drôle au début le Bert, dit-elle, mais là il me rend folle avec ses chansons de «Teddy Bears» et de «Love me too».

Jo est morte de rire. Quelle bizarre grand-mère! Elle se méfie un peu de ses goûts, mais elle a quand même hâte de le rencontrer, ce Bert-Elvis. Grand-mère se rappelle soudain le porteur de bagage. Elle jette un coup d'œil en arrière au pauvre Félix qui traîne la valise et elle s'avise tout à coup qu'il est peut-être le petit ami de Jo. Elle s'inquiète: «Jo est-elle assez grande pour avoir un petit ami?» Elle a l'œil soupçonneux:

— Pupa, tu l'as rencontré où, ce garçon?

— Je ne l'ai pas rencontré, c'est lui qui m'a rencontrée. Tu n'aurais pas dû lui demander de porter ma valise, Mamie. Maintenant, je n'arriverai jamais à m'en débarrasser.

Les voilà maintenant dans la foule qui se presse à la sortie de la gare. D'un grand geste autoritaire, grand-mère hèle un taxi. Aussitôt, une voiture s'arrête devant elle. Elle daigne se tourner vers Félix qui les a suivies péniblement, essoufflé:

— Arrive, garçon!

32

Péremptoire, elle se tourne vers Jo.

— Mamma mia, Pupa, tu ne devrais jamais parler aux garçons dans les trains, particulièrement s'ils sont faiblards comme celui-là, eh? Tu vois bien qu'ils ne servent à rien.

Jo hésite. Doit-elle rire ou prendre un peu pitié de Félix? Elle se faufile dans le taxi devant sa grand-mère pendant que le chauffeur place la valise dans le coffre. Félix reste pantois sur le trottoir.

— Merci, garçon, dit grand-mère, un peu amadouée.

— Félix, je m'appelle Félix.

— Ah oui, mille grazie, Félix... 5434 rue Esplanade, chauffeur, et par le plus court chemin, s'il vous plaît!

Jo se dit qu'elle n'a pas fini d'en voir de toutes les couleurs avec une mamie pareille, et justement, ça lui fait penser de sortir sa tablette et son fusain. À petits traits rapides, elle dessine le profil du chauffeur qui a une drôle de tête avec sa barbe et son bandeau sur le front qui retient ses longs cheveux grisonnants. Grand-mère fait mine de ne rien voir. La voiture s'arrête devant l'appartement fleuri de grand-mère au moment où Jo trace un dernier coup de crayon. Le chauffeur est déjà en train de tirer la valise du coffre.

— Je peux voir ce que tu as fait?

Jo est surprise.

— Quoi donc?

— Le dessin... je t'ai vue dans mon rétroviseur.

Timidement, Jo sort la feuille de son carton. Visiblement, le chauffeur est étonné de la ressemblance.

— Eh, dis donc, c'est excellent!

Grand-mère fouille dans son grand fourre-tout.

— Ça fait combien, chauffeur?

L'homme s'adresse à Jo.

— Si on oubliait le prix de la course en échange du dessin?

Jo est flattée mais elle n'ose pas répondre. Elle redoute la réaction de grand-mère.

— Qu'est-ce que t'en dis, Mamie?

Mamie est plutôt ennuyée, mais peut-être que l'épargne en vaut la peine? Elle hésite une seconde:

— J'imagine que oui... pourquoi pas? dit-elle en remettant l'argent dans son porte-monnaie.

Jo est contente. Elle tend le dessin au chauffeur et suit grand-mère dans l'escalier rose et vert.

— C'est le premier dessin que je vends, Mamie, c'est pas fantastique?

Grand-mère ne va quand même pas aller jusqu'à encourager Jo avec ses histoires de dessins auxquels elle ne comprend pas grand-chose, d'ailleurs. Elle se contente de pousser sa petite-fille à l'intérieur. Jo s'exclame à la vue de l'appartement tout nouvellement décoré.

Les origines italiennes de sa grand-mère sont évidentes au premier coup d'œil. Les murs blanc-crème sont couverts de photos souvenirs, de miroirs ornementés, de corniches encombrées de statuettes. Sur les multiples petites tables d'appoint, au moins une pour chaque fauteuil, des napperons brodés, des vases remplis de fleurs. Grand-mère aime l'animation. Aussitôt entrée, elle a lancé son large chapeau sur un gros fauteuil et apostrophe Jo:

— Écoute-moi, Pupa. Si tu veux faire des dessins, tu peux dessiner Bert ou moi, mais pas les étrangers, tu m'entends?

— Mais voyons, Mamie, c'est plus intéressant de dessiner les étrangers.

— Eh ben, peut-être, ma fille, mais pas tant que tu habiteras avec moi, t'entends? C'est trop dangereux...

Une voix forte, éraillée, vient soudain les interrompre. Jo entend vaguement les paroles d'une chanson western et Bert fait irruption dans la pièce en esquissant des pas de danse à claquettes. Jo ne peut s'empêcher de sourire à la vue du personnage. Grand-mère est excédée.

— Arrête, Bert!

Elle tente de l'attraper par le bras, mais sa chemise de satin à paillettes lui glisse sous les doigts comme une anguille. Rien ne l'arrête, il chante et danse. Il ignore l'intervention de grand-mère comme si sa présence, pourtant bien visible, n'avait en rien retenu son attention. Il va vers Jo en tendant la main.

— Bonjour, Jo! Bienvenue dans la grande maison de la musique western!

Jo est aussitôt séduite. Elle aime bien ce Bert!

— Merci beaucoup, Bert. Je suis contente d'être ici. Et j'ai même la permission de faire ton portrait. T'as entendu Mamie?

Bien à point pour grand-mère, la sonnerie du téléphone précède la réponse de Bert. D'un geste sans appel, elle lui ordonne de répondre. Aussitôt, elle récupère l'attention de Jo et la mène vers sa chambre. Elle a une surprise pour elle.

Pendant ce temps, au téléphone, Bert rassure les parents de Jo qui s'inquiétaient, bien sûr. «Mais oui, elle est là, en pleine forme et en train de défaire ses bagages» explique Bert gaiement.

Pas tout à fait encore. Jo est seulement sur le seuil de la chambre, une main de grand-mère sur ses yeux.

— Surprise! dit grand-mère sans pourtant retirer la main.

Jo s'impatiente un peu.

— Alors, laisse-moi voir, Mamie!

Et elle voit! Les murs de la chambre sont couverts de portraits de chanteurs et chanteuses western sur fonds de velours noir, avec encadrements très dorés. Elvis a évidemment une place de choix. Quelle horreur! Jo est consternée. Avec tout le clinquant tapageur autour de son lit, elle est sûre qu'elle n'arrivera pas à fermer l'œil. Grand-mère n'a rien vu. Encore émue de l'attention de son Bert, elle s'exclame:

— C'est gentil, non? Bert les a faits spécialement pour toi.

Jo a perdu la voix. Elle s'assied sur le bord du lit et examine un instant le désastre, puis elle baisse la tête. C'est à ce moment seulement que grand-mère note le manque d'enthousiasme de Jo.

— Pupa, qu'est-ce qui se passe? Tu n'aimes pas les tableaux de Bert?

Jo hésite. Elle ne veut pas blesser Bert, encore moins grand-mère, mais vraiment, c'est un peu trop! Elle avoue à voix basse:

— Mamie, ce n'est pas tout à fait... mon style.

Évidemment, c'est le moment que Bert choisit pour apparaître à la porte.

— J'ai dit à tes parents que tu étais là et que tu les rappellerais...

À l'air de Jo, a-t-il deviné que ses portraits n'étaient pas trop appréciés? Discrètement, il s'éclipse alors que grand-mère referme la porte.

— Il sera tellement déçu!

Jo se sent soudain très malheureuse. C'est la première fois de sa vie qu'elle quitte sa famille pour vivre dans un nouveau milieu qu'elle ne connaît pas. Même Pierre lui manque, tout à coup!

— Peut-être que je devrais retourner chez moi...

— Mais non, proteste grand-mère, indignée. On est très heureux que tu sois ici avec nous, Pupa.

— Peut-être, Mamie, mais je suis là depuis une demi-heure et tu me reproches déjà tout ce que je fais... C'est mal de parler aux gens dans le train... je ne peux pas dessiner les chauffeurs de taxi et maintenant, je n'aime pas le cadeau de Bert!...

Grand-mère rit à gorge déployée. Sa bonne nature a repris le dessus.

— C'est pas grave, Pupa. Place tes affaires!

Elle est pressée. Ce soir, ils attendent des amis pour une partie de cartes et bien sûr, il faut qu'elle prépare la pizza.

*   *   *

Par le carreau de la fenêtre, un rayon de soleil pénètre et fait une tache claire sur le lit où Jo est profondément endormie. Il est tard. Elle ouvre les yeux et son premier regard va vers la photo de Vincent qu'elle a placée la veille sur sa table de chevet. Il avait treize ans, alors. Le même âge qu'elle...

— Bonjour, Vincent, murmure Jo. Tu as bien dormi?

Elle sait bien que c'est un peu ridicule de parler à une photo, mais cette habitude date de sa sortie de l'hôpital. Jamais elle n'oserait devant les autres, bien sûr!

Jo regarde les murs de sa chambre et sourit de satisfaction. Elle a profité de la partie de cartes d'hier soir, un peu tapageuse il faut dire, pour modifier le décor de sa chambre. Des reproductions de toiles de Van Gogh ont partout remplacé les photos de Bert. Elle en a même mis au plafond! Soudain, la porte s'ouvre sous la poussée vigoureuse de grand-mère.

— Dépêche, Puletta, tu vas être en retard à l'école!

Mais grand-mère s'est arrêtée sur le seuil de la porte. Consternée, elle fixe les murs où les tournesols, les iris, les arbres en fleurs ont délogé Elvis et ses compagnons. Jo baisse les yeux et demande timidement:

— Bert sera fâché?

Grand-mère hésite un moment, soupire, puis hausse les épaules. Sa philosophie a vite repris le dessus.

— Oh, il s'en remettra... Allez, presto, tu ne peux pas être en retard la première journée.

Ouf! Pour Jo, le moment le plus difficile

est passé! Elle enfile ses vêtements et ramasse ses cartons de dessins en vitesse. Sans trop de mal, elle réussit à dénicher l'adresse et aucun doute possible, c'est une école. L'endroit est en pleine effervescence. Dès le hall d'entrée, elle entend des chœurs de chants et de la musique de ballet derrière les portes closes. Elle voit même des enfants à la course dans l'escalier, exactement comme à l'école de sa petite ville.

Jo avait rendez-vous avec le directeur de l'école, M. Mailhot, elle va donc directement chez lui. Mais soudain, elle a des papillons dans l'estomac. Tout s'est passé si vite qu'elle n'a pas eu le temps de se rendre compte qu'elle sera seule dans une école où elle ne connaît personne, dans une ville où elle n'en connaît guère plus, alors que chez elle, tous les visages lui sont tellement familiers. Elle hésite maintenant et frappe à la porte du directeur, en espérant presque qu'il n'ouvrira pas. Ce serait une bonne raison pour repartir, mais c'est déjà trop tard, quelqu'un a bougé à l'intérieur. M. Mailhot l'accueille en souriant.

— Bonjour, Jo, je t'attendais. Viens, je te conduis à ta classe, le cours est déjà commencé.

Le cœur de Jo fait un bond. Comme ça? Tout de suite?

M. Mailhot est un homme efficace et ordonné, mais bon observateur aussi. Il a noté le moment de désarroi sur le visage de Jo. Aussi, il s'empresse d'ajouter en lui tapotant l'épaule.

— Mais avant, il faut que je te fasse visiter l'école... Suis-moi.

C'est avec soulagement qu'elle emboîte le pas au directeur qui ouvre discrètement des portes en chuchotant ses commentaires.

— Ici, c'est la classe de ballet... Là, la musique, et par là, au bout du couloir, le grand auditorium. Tu sais, les élèves sont en train de monter une pièce de théâtre sur l'environnement, les forêts tropicales plus précisément.

Monsieur le principal devient volubile en ouvrant la porte de l'auditorium où les jeunes sont en pleine répétition; l'environnement est un sujet qui lui est cher. Jo le suit vers la scène. Progressivement, son cœur a cessé de faire des voltiges dans son estomac et elle regarde l'activité qui règne dans la salle avec beaucoup d'intérêt.

Debout sur la scène, leur tournant le dos, un élève qui est manifestement le metteur en scène tente avec plus ou moins de succès de diriger les opérations au milieu du brouhaha général. Il lance des instructions aux comédiens et aux décorateurs qui s'affairent sur la scène. Monsieur Mailhot crie:

— Eh, Murphy!

Le garçon se retourne sous les yeux horrifiés de Jo. Désastre! Catastrophe! Elle se cache aussitôt le visage dans ses mains avec le vain espoir d'avoir rêvé. C'est pas vrai, le hasard ne lui a pas joué ce mauvais tour... C'est Félix! Félix le fouineur!

Jo est encore plus enragée lorqu'elle le voit sourire paisiblement comme s'il avait attendu sa venue.

— Bonjour, Jo, claironne Félix.

Jo a mis au moins dix bonnes secondes à recouvrer la voix.

— Pourquoi tu ne m'as pas dit que tu étais dans cette école?

— Quelle différence? demande Félix.

La réponse de Jo est brève et sèche.

— J'aurais pu aller ailleurs!

Surpris par cet échange rapide, Monsieur Mailhot n'est pas très sûr de bien suivre la conversation, mais il croit comprendre qu'il est grand temps de conduire Jo à sa classe.

— Viens, Jo, madame Andrée t'attend.

Cette fois, Jo le suit avec grand plaisir.

* * *

Lorsque Jo fait son entrée dans la classe avec le directeur, madame Andrée est penchée sur le travail d'une élève. Elle lève aussitôt la tête et sourit gentiment. Pourtant, Jo a eu le temps de percevoir une pointe d'agacement. Madame la professeure n'aime pas les interruptions.

— Jo! Tu es exactement comme le dessin que tu m'as envoyé de toi.

Madame Andrée est vive, enthousiaste et quelque peu impulsive. Elle n'a pas de temps à perdre, il faut que ça bouge. Elle présente Jo à ses collègues de classe et commence tout de suite à lui expliquer le projet en cours.

— Les élèves de théâtre préparent une pièce...

— Ouais, je sais, marmonne Jo, dont le visage se rembrunit à l'évocation du fouineur.

Heureusement, madame Andrée n'a rien noté.

— ... et nous, on est chargés de peindre la toile de fond... une forêt tropicale. Tu tombes à point, on avait justement besoin d'idées nouvelles. N'est-ce-pas, Silva? dit-elle en s'arrêtant près d'une jolie fillette penchée sur sa palette de couleurs. Nous devons peindre de grands arbres?

— Oui, de grands arbres, répète difficilement la fillette avec un sourire radieux.

Sa voix chevrotante, un peu voilée, étonne Jo. Madame Andrée lui explique que Silva ne peut pas l'entendre, elle est sourde, mais par contre elle peut très bien lire les mots sur les lèvres. Tout en parlant, la professeure a débarrassé la table près de Silva et elle place papier et couleurs devant Jo.

— Tu vois, on fait d'abord des modèles, formats réduits, puis on choisira le meilleur pour la toile grandeur nature. Seulement voilà, la pièce est dans deux semaines et nous n'avons pas encore trouvé le modèle idéal. Tu vois qu'on a bien besoin de toi...

Jo est abasourdie. Madame Andrée bouge aussi vite qu'elle parle. Sans même s'en apercevoir, Jo est installée à côté de Silva, pinceau en main, feuille et couleurs sous son nez. Elle enfile son tablier d'artiste machinalement. La tête lui tourne un peu. La professeure s'attend-elle vraiment à ce qu'elle invente une forêt tropicale comme ça, sur-le-champ? Une goutte de sueur perle à son front.

— Mais, madame Andrée, dit timidement Jo, je n'ai pas la moindre idée de ce que peut avoir l'air une forêt tropicale...

— Aucun problème, Jo, sers-toi de ton imagination.

— Je n'ai pas d'imagination, proteste Jo faiblement.

La professeure rit sans diminuer le tempo d'une seconde.

— Évidemment tu en as! Tout le monde a de l'imagination!

— Pas moi, dit Jo. Pas pour la peinture. Je peux seulement peindre ce que je vois.

— Impossible. De toutes façons, fais ce que tu peux.

Fort à propos, la conversation est interrompue. On vient de frapper à la porte et madame la professeure s'y précipite. Perplexe, Jo fixe la feuille devant elle. C'est la douce petite voix de Silva qui la ramène sur terre. La fillette lui tend un pinceau.

— Peins, dit-elle avec un sourire encourageant.

Mais Jo est frappée de paralysie. Heureusement qu'elle n'entend pas le bref échange entre le directeur qui, inquiet, est revenu parler à sa nouvelle professeure qui sautille impatiemment sur le seuil de la porte. Elle serait non seulement paralysée, elle se serait évanouie!

— Ça va avec la petite? demande monsieur Mailhot?

— Oh, ça ira, mais vous savez bien que je n'aime pas beaucoup quand les élèves arrivent au beau milieu d'un projet.

En effet, les cours d'été étaient déjà amorcés lorsque Jo a été acceptée à l'école. Ça ennuie terriblement madame Andrée.

Patient, monsieur Mailhot explique encore une fois les circonstances.

— J'ai décidé de l'accueillir parce que c'est une élève très spéciale... Il faut l'aider.

Madame Andrée l'interrompt:

— Je sais, je sais, j'essaierai, mais pour moi, toutes mes élèves sont spéciales.

Jo n'a pas bougé d'un iota malgré les efforts de Silva. Elle ne demanderait pas mieux que de peindre, mais une forêt tropicale? Elle n'a pas la moindre idée par où commencer... L'été s'annonce plus difficile qu'elle n'avait imaginé. D'abord, Félix, puis les admonestations de grand-mère et les tableaux de Bert, et maintenant, l'imagination!

*   *   *

La journée a été longue. Ce soir-là, Jo se repose, confortablement installée dans un gros fauteuil au salon de grand-mère. Non, tout ne va pas pour le mieux. Pensive, elle feuillette son beau livre sur Van Gogh alors qu'elle perçoit vaguement les rires et les exclamations de Bert venant de la pièce voisine. C'est une bruyante séance d'essayage. Grand-mère est en train de confectionner une nouvelle chemise western à son Bert. Une merveille en satin rose.

Jo essaie de se boucher les oreilles et de se concentrer sur sa lecture. Plongée dans la vie de Vincent, elle tente de se représenter l'époque alors qu'il habitait la jolie ville d'Arles, dans le sud de la France. Elle lit les extraits de lettres que Van Gogh adressait à son frère Théo.

«La lumière est magnifique, le soleil éclatant, mais il y a cet horrible vent qui souffle trop souvent. Les gens l'appellent le mistral. Il rugit parfois durant des jours entiers.» Vincent explique qu'il doit alors attacher ses canevas au sol et retenir son chevalet avec de lourdes pierres. Parfois, ça ne suffit même pas et sa toile inachevée, mouillée de peinture fraîche, est soulevée, emportée par une rafale qui la projette sur le sol. Tout est alors à recommencer.

Jo est perdue dans son rêve, loin des éclats de voix de Bert et loin de l'école. Soudain, un bruit la ramène sur terre: on sonne à la porte. Grand-mère a les mains pleines d'épingles qu'elle pique dans le satin. Elle appelle Jo:

— Pupa, va voir qui c'est...

Jo referme son livre à regret. Elle s'avance lentement dans le couloir vers la porte d'entrée, mais elle s'arrête soudain, clouée au sol. Par le carreau de la fenêtre, elle vient de reconnaître Félix, la peste! C'est pas vrai, il ne vient pas la relancer jusque chez elle! Et d'abord, comment a-t-il déniché son adresse? Elle est sur le point de tourner les talons, mais Félix sonne de plus belle, il va alerter les voisins si ça continue. Jo se résigne, elle entrebâille la porte et demande rudement:

— Qu'est-ce que tu veux, encore?

Un beau sourire éclate sur le visage de Félix, qui a presque l'air de s'excuser.

— Je suis venu t'aider avec ton problème de forêt.

Jo est trop éberluée pour même se demander comment diable il peut savoir ça. Le seul mot «forêt» a fait ressurgir toute l'angoisse de l'après-midi. Elle en oublie que l'offre vient de Félix.

— M'aider? demande-t-elle avec déjà un brin d'espoir. Comment?

— Je vais te montrer si tu me laisses entrer, dit Félix avec beaucoup de pertinence.

Jo ne peut vraiment pas s'empêcher de sourire devant la persistance de ce garçon. En dépit de son agacement, elle commence même à le regarder d'un autre œil. Après tout, n'est-ce pas un peu rassurant de connaître au moins une personne dans cette école, fût-ce Félix?

— D'accord, entre, dit-elle, mais fais vite, j'étais en train de lire un livre.

Félix à ses trousses, Jo traverse le couloir en direction de sa chambre. Curieuse comme toujours, grand-mère trouve que Jo met bien du temps à répondre au visiteur.

— Qui c'est, Pupa?

— Oh, personne, seulement Félix, répond Jo en jetant un regard en coin au garçon.

Félix fait la moue, mais il n'a pas le temps de rétorquer, car Jo a ouvert la porte de sa chambre et il aperçoit les tableaux de Van Gogh qui couvrent les murs et le plafond. Le cou tordu, il regarde en haut et éclate de rire.

— T'es pas un peu toquée, non!

Mi-offusquée, mi-taquine, pour toute réponse, Jo attrape un pinceau et lui colle une tache rouge sur le bout du nez.

— Je serai le meilleur peintre du monde un jour, tu verras.

— Oui, oui. Pour le moment, je vais t'aider avec tes arbres, puisque tu manques d'imagination.

Il tire un gros livre de son sac et l'ouvre tout grand sur le bureau de Jo.

— Tu dois dessiner une forêt tropicale? Eh ben, ce livre-là en est plein. Tu n'as qu'à choisir.

Il tourne les pages. Des images de forêts colorées se succèdent. Dans les arbres, il y a même des singes, des tigres, des perroquets et d'immenses fleurs de toutes les couleurs. Jo a l'air perplexe, les forêts tropicales de Félix n'ont pas l'air très réalistes, mais c'est déjà mieux que rien.

— C'est des peintures de qui?

— Henri Rousseau. Tu ne connais pas Henri Rousseau? T'inquiète pas, ça fait longtemps qu'il est mort...

— Et alors, qu'est-ce que tu suggères?

Félix s'impatiente. Qu'est-ce qu'elle a à ne rien comprendre?

— Que tu copies un de ces tableaux, tiens donc!

— Je ne peux pas, proteste Jo. Madame Andrée a dit que je devais utiliser mon imagination.

— Mais tu n'en as pas, tu l'as dit. Et

d'ailleurs, la professeure n'en saura rien du tout. C'est un livre très, très rare.

Jo est tentée. Seule avec son imagination, elle a le pénible sentiment qu'elle n'arrivera à rien.

Félix tourne les pages une à une et s'arrête sur un tableau qu'il avait marqué d'un bout de papier.

— Tiens, c'est celui-là que je préfère.

Jo s'esclaffe. Au beau milieu du tableau, avec la forêt multicolore en toile de fond, une femme nue est allongée.

— Qu'est-ce que tu fais avec celle-là? demande-t-elle à travers les éclats de rire.

— Aucun problème, c'est tout prévu. Prends mon sac.

Jo retire le sac à dos de Félix, mais avant même qu'elle ait pu poser un geste, il a déjà enlevé sa chemise. Le rire de Jo se fige sur ses lèvres. «Qu'est-ce qui lui prend? Il devient fou ou quoi?»

De son sac, Félix a tiré une épée et bondit sur le petit canapé dans le coin de la chambre. Il s'allonge, pointe l'épée vers le plafond et prend un air martial.

— Voilà, tu me peins au milieu de la toile. Je suis un guerrier indigène.

C'est le fou rire.

— Quoi, proteste Félix, tu n'as jamais vu un homme musclé avant aujourd'hui?

Félix le maigrichon, un homme musclé?

C'est trop cocasse, Jo se tient les côtes et rit si fort que les larmes lui font de grosses coulées sur les joues.

Soudain, la porte s'ouvre. Inquiète du vacarme, grand-mère entre en coup de vent:

— Qu'est-ce qui se passe?

Les mots gèlent sur ses lèvres lorsqu'elle aperçoit Félix allongé sur le canapé, torse nu comme un guerrier au repos. Ses yeux ahuris vont de Jo au garçon à la vitesse de l'éclair. Grand-mère qui perd la parole? Jo attrape le hoquet.

— C'est pour un... travail à... l'école... Mamie!

L'école! Quelle idée rassurante. Le visage de grand-mère se détend.

— Ah bon, l'école... dit-elle en refermant la porte derrière elle.

Jo essuie ses larmes, alors que Félix se demande s'il doit enfiler sa chemise et déguerpir en vitesse. L'irruption de grand-mère l'a quand même un peu décontenancé. Quelle idée farfelue! Mais après tout, pourquoi pas? Puisque Jo doit peindre une forêt tropicale et qu'elle n'a pas la moindre idée par où commencer, pourquoi pas celle-ci avec Félix en plein centre? D'ailleurs, c'est pour sa pièce de théâtre à lui, non?

Jo se met immédiatement au travail.

Installée à sa table, elle peint jusque tard dans la nuit. Sur sa feuille blanche, la forêt tropicale du grand peintre Henri Rousseau prend forme avec Félix, le guerrier, étendu langoureusement au beau milieu...

Réveil brutal

Jo est arrivée à l'école très tôt le lendemain matin, plutôt rassurée, fière d'elle. N'a-
t-elle pas rempli sa mission qui était de
peindre une forêt tropicale? Madame Andrée
n'est pas encore là. Jo a posé son carton à
dessins sur la table et des élèves l'entourent:
elles ont hâte de voir ce qu'a fait la nouvelle
venue. Jo s'amuse à les faire languir. Elle
soulève un coin du carton, le referme, le
soulève de nouveau. Les filles protestent:

— Allez, Jo, laisse voir...

D'un geste un peu théâtral, Jo dévoile
enfin sa peinture, très réussie, il faut l'avouer.
Elle a reproduit la toile de Rousseau dans
ses moindres détails, avec beaucoup d'ha-
bileté, et Félix le guerrier est étendu
langoureusement à la place de la femme

nue. Les expressions de surprise et d'admiration des autres élèves confirment le sentiment de Jo. C'est vrai qu'elle est très douée. Mais c'est sans aucun doute Félix qui produit le meilleur effet, l'éclat de rire est général, tout le monde l'a reconnu.

La douce Silva serre Jo dans ses bras. Sa voix fluette se perd au milieu des rires.

— Absolument magnifique, Jo!

C'est peut-être parce qu'elle n'entend pas que Silva a développé un sens de la vue aussi perçant. Quoi qu'il en soit, c'est elle qui, la première, aperçoit madame Andrée qui entre à l'instant dans la classe. Elle se précipite vers elle, la prend par la main et l'attire vers le dessin de Jo. Madame la professeure joue le jeu, elle se laisse mener les yeux fermés. Jo attend avec enthousiasme la réaction de madame Andrée. Elle arrive, un large sourire aux lèvres, amusée par l'emballement de ses élèves. Elle ouvre les yeux et aperçoit l'œuvre de Jo... Consternation! La stupeur et l'irritation remplacent aussitôt le sourire. Le silence s'est fait dans la classe. Sans bien comprendre, tout le monde a perçu la désapprobation de la professeure qui regarde Jo sévèrement. Lentement, elle roule le dessin de Jo et lui fait signe de la suivre. De grosses larmes brillent dans les yeux étonnés de Silva. Elle est inquiète, angoissée pour sa nouvelle amie.

Le cœur battant, Jo a suivi madame Andrée dans la pièce voisine. Au plus profond d'elle-même, elle sait bien qu'elle a eu tort; elle n'a rien inventé, rien imaginé, elle a simplement reproduit, copié l'œuvre d'un autre, sauf pour Félix, bien sûr. La dame a placé la peinture bien en vue sur une table. Elle l'examine attentivement. Son sourire est un peu forcé lorsqu'elle dit finalement:

— C'est du très bon travail...

Un début de soulagement apaise le cœur de Jo, mais aussitôt madame Andrée ajoute:

— Oui, du très bon travail, mais je t'avais dit de te servir de ton imagination, tu te souviens?

Jo est surprise. Un peu honteuse aussi? Une vive rougeur lui monte au visage. Elle proteste, bien qu'un peu faiblement.

— C'est ce que j'ai fait, j'ai utilisé mon imagination.

— En un sens, mais tu as tout de même copié Henri Rousseau.

La pauvre Jo se sent prise au piège. Les événements se déroulent si vite qu'elle n'a pas le temps de réfléchir. Tout aurait été tellement plus facile si elle avait simplement avoué. D'ailleurs, elle aurait fort bien pu rappeler à la professeure que beaucoup de grands peintres avaient appris leur art en copiant, justement. Van Gogh lui-même avait copié des maîtres comme Rembrandt et certains artistes japonais qu'il admirait. Quoi de plus normal? C'est le ton réprobateur de la dame devant ses camarades et le sentiment d'injustice qu'elle en ressent qui fait pencher la balance. Jo prend son air obstiné et d'un ton légèrement moqueur, elle demande:

— Henri Rousseau? Qui c'est?

Ce n'est rien pour adoucir la digne professeure qui répond sur un ton glacial.

— Le peintre que tu as copié, Jo.

Trop tard pour faire marche arrière. La bataille est ouverte.

— Et Félix, alors? Comment j'aurais pu copier Félix? Est-ce que votre monsieur Rousseau a dessiné Félix aussi?

Voilà la professeure prise à son propre jeu, à son tour. Trop sévère? Trop exigeante? C'est vrai qu'elle aurait pu reconnaître cet élément inventif de Jo. Trop critique? Jo vient à peine d'arriver, pourquoi ne pas lui avoir donné une chance? Elle se calme quelque peu.

— J'ai exigé un peu trop de toi, hein, Jo?

Tout juste ce qu'il ne fallait pas dire. Dans sa fureur, Jo ressent ces mots comme une injure. On la traite d'incapable! Elle réagit violemment:

— Je n'ai pas menti, et puis Van Gogh aussi a copié!

La réponse arrive, cinglante.

— Mais lui au moins, il l'a avoué! Je peux tout accepter, mais pas des mensonges!

Jo est ulcérée. Elle retient ses larmes et quitte la pièce en hurlant:

— Je ne suis pas une menteuse!

C'est une bien triste situation lorsqu'une telle bataille inutile s'engage entre deux personnes qui n'ont pourtant aucune raison de s'en vouloir. Par peur de perdre? Mais quoi exactement?

Jo rage en dévalant l'escalier. Sa colère lui fait même oublier qu'elle a effectivement menti. Elle se précipite vers la sortie, mais Félix qui semble avoir le don tout à fait particulier de se trouver au mauvais endroit, au mauvais moment, lui barre la route avec la grosse pièce de décor qu'il transporte justement à l'auditorium. Innocemment, il s'informe:

— Alors, ça s'est bien passé?

Jo voudrait crier. Elle ne tourne même pas la tête avant de claquer la porte de l'école.

— Imbécile! lance-t-elle.

Félix fige sur place. «Qu'est-ce que j'ai encore fait?»

* * *

Ce soir-là, Jo a tôt fait d'expédier son repas. D'une humeur massacrante, elle s'enferme dans sa chambre malgré l'air éploré de grand-mère. Allongée sur son lit, elle réfléchit. Elle se sent seule, misérable, sans un ami au monde... comme jadis son ami Vincent. Mais lui au moins avait son frère, Théo, à qui il pouvait écrire de longues lettres. Jo se sent incomprise. Quel pénible sentiment!

Elle s'évade dans son rêve qui la transporte au bout du monde, à une autre époque. Elle voit Vincent qui dresse son chevalet en bordure d'une vaste plaine qui s'étale à perte de vue devant lui. Des taches de couleur apparaissent sur la toile claire et une image floue s'anime derrière les yeux clos de Jo. La plaine prend forme sur le tableau. Soudain, elle aperçoit des gamins qui se dissimulent dans les broussailles derrière Van Gogh. Ils prennent des mottes de terre dans leurs mains et ricanent. L'une d'elles vole vers la peinture fraîchement étalée sur la toile. De larges dégoulinades noirâtres se mêlent à la couleur. Furieux, Vincent se tourne vers les gamins qui s'enfuient en riant, mais Jo n'arrive pas à voir son visage caché par le rebord du large chapeau de paille qu'il s'enfonce toujours sur la tête.

Elle s'endort en pleurant. Comme son idole Vincent, elle se sent seule, abandonnée de tous. On le traitait de fou, ce Hollandais qui peignait sans arrêt, seul, pauvre et affamé...

Une rencontre payante

Bien évidemment, Jo n'a aucune envie de retourner à l'école le lendemain matin, mais à quoi bon inquiéter grand-mère? Il fait chaud, le soleil brille et Jo décide qu'elle peut tout aussi bien apprendre à dessiner en se baladant dans la rue. Son carton à dessins sous le bras, elle quitte donc la maison à l'heure normale, comme si elle partait pour l'école. C'est fascinant les rues d'une grande ville, il s'y passe toujours quelque chose. Des gens courent ou flânent, ils sont beaux ou laids, ils ont l'air heureux ou malheureux, mais chaque visage raconte une histoire. Cahier en main, Jo cherche des sujets. Elle esquisse les traits d'un vieil homme, d'un enfant, ceux d'une jeune fille qui attend patiemment assise sur un banc-sculpture et qui, sans s'en douter, forme un joli couple avec la statue de bronze à côté d'elle. Le crayon de Jo court sur le papier...

Tout à coup, une voix, hélas beaucoup trop familière, lui casse les oreilles. Jo est trop agacée pour y percevoir l'inquiétude.

— Pourquoi tu n'es pas venue à l'école aujourd'hui?

C'est pourtant vrai que Félix est inquiet, d'autant plus qu'il se sent un peu responsable. Jo répond brusquement:

— Pas de tes affaires. Disparais... si ce n'est pas trop te demander.

Elle revient à son modèle, la jeune fille du banc, mais juste à temps pour la voir se lever et s'en aller, ce qui la rend encore plus furieuse contre Félix. Ses modèles disparaissent toujours avant qu'elle ait pu terminer de les dessiner. «Les gens de la ville sont-ils toujours aussi pressés?» se demande Jo. «Il doit pourtant y avoir des gens qui restent en place plus de cinq minutes...»

Désarçonné par la brusquerie de Jo, Félix a disparu sans demander son reste. Jo ne l'a même pas vu s'éloigner. Elle reprend sa marche, elle cherche. Puis, elle a une inspiration: un café-terrasse évidemment! Au moins, les gens y sont assis pour un moment. Jo accélère le pas jusqu'à ce qu'enfin la chance l'accompagne. Elle a trouvé! Et l'endroit et le bon modèle... Un homme dans la cinquantaine, barbe grise bien taillée, nez légèrement arqué, yeux bridés et en plus une belle petite casquette noire bien perchée sur la tête. Il est en pleine conversation avec un ami. Mieux encore, une colonne bien placée dissimule Jo au regard du monsieur. Elle s'installe avec son papier et son fusain. C'est le modèle rêvé, il ne bouge pratiquement pas.

Elle travaille vite. Elle trace les lignes du visage, les joues creusées qu'elle dissimule sous les poils de la barbe, le nez aquilin, les petites rides sous les yeux. Jo est inspirée, au meilleur de sa forme. Elle en est à la petite casquette noire. L'homme n'a toujours pas bougé. Encore deux coups de crayon et elle signe au bas de la feuille: Jo!

Les yeux rivés sur son travail, elle est heureuse au point d'oublier qu'elle a brutalement éconduit le pauvre Félix. En fait, elle le croit toujours traînant à ses trousses. Elle est tellement fière de son dessin qu'elle veut le lui montrer, mais comme elle va se retourner, une main l'agrippe par l'épaule. Une main lourde, pas celle de Félix. Elle tourne la tête et s'aperçoit avec horreur que c'est la main de son modèle.

Toute attentive à fignoler son travail, Jo

n'avait pas vu l'homme se lever de table et venir derrière elle. Il l'avait pourtant repérée dès le début. Maintenant, il la pousse fermement devant lui, et Jo est tellement sidérée qu'elle ne tente même pas de résister, elle suit le mouvement. Bientôt, elle se retrouve devant un restaurant chinois où son modèle la presse d'entrer doucement mais fermement.

* * *

Pendant ce temps, Félix s'est ravisé. D'abord blessé par la brusquerie de Jo qui l'a rabroué, il s'est éloigné. Mais son inquiétude a repris le dessus et il est revenu sur ses pas... juste un peu trop tard, Jo a disparu. Où est-elle passée? Félix ne sait quelle direction prendre. Il marche au hasard. Est-ce le bruit de la fête qui attire ses pas? Peut-être, mais toujours est-il qu'il se retrouve dans le quartier chinois au milieu des célébrations de leur Nouvel An. Dans la rue, des enfants font ondoyer un long dragon de papier multicolore. On chante, on danse et autour de Félix, c'est la cohue. Il se faufile tant bien que mal à travers la foule lorsque tout à coup, il aperçoit Jo au loin. Elle va entrer dans un restaurant, mais elle n'est pas seule, un homme l'accompagne. Félix s'étonne, il sait bien que Jo ne connaît personne dans cette ville. Difficilement, il se fraye un chemin en direction du restaurant.

*   *   *

L'homme à la casquette a conduit Jo vers une table. Le restaurant est vide, pas un seul client. Il commande du thé et des biscuits chinois. Jo n'a pas dit un mot, elle regarde autour d'elle, plus étonnée qu'inquiète. La pièce est plutôt sombre, éclairée seulement par de petites lanternes qui jettent un reflet rouge sur les tables. Dans cette atmosphère, même le visage de son modèle a pris une étrange coloration rougeâtre que Jo trouve un peu diabolique. Pourtant, il sourit. C'est avec son œil d'artiste qu'elle examine les traits de l'homme. «Ici, je l'aurais dessiné différemment,» pense Jo. Elle note son accent étranger dès qu'il ouvre la bouche.

— J'ai très bien vu ce que tu faisais, tu sais.

Jo est sidérée.

— Pas possible, j'étais cachée derrière la colonne.

L'homme rit.

— Pas le moins du monde! Alors, donne-moi le dessin, s'il te plaît?

Le garçon de table arrive au bon moment avec le thé et les biscuits. Bravo, l'interruption va permettre à Jo de réfléchir un instant. Elle tourne la tête vers la fenêtre et réprime aussitôt un mouvement de surprise. C'est Félix qui, le nez écrasé sur la vitre pour percer la pénombre, lui fait de grandes simagrées. Sa bouche forme des mots silencieux que Jo lit sur ses lèvres. «Qu'est-ce qui se passe?» demande Félix, «as-tu besoin d'aide?» Le plus imperturbable possible, Jo jette un regard à l'homme assis devant elle. Il est occupé à casser ces drôles de biscuits chinois et à en retirer les petits bouts de papiers qu'ils contiennent. C'est le moment ou jamais, Jo doit penser vite. Veut-elle que Félix vienne à sa rescousse ou non? Elle hésite à peine une seconde, regarde l'homme, puis Félix. Au risque de le regretter plus tard, ses lèvres répondent silencieusement: «Non.»

Un éclat de rire la ramène à l'homme qui lit tout haut l'horoscope chinois:

— Vous êtes sur le point de rencontrer quelqu'un qui va transformer votre vie...

Jo sourit.

— ... Tu crois que c'est vrai? demande-t-il sans attendre de réponse. Et alors, tu me le montres ce dessin?

Sans trop savoir pourquoi Jo serre le dessin dans ses mains comme si elle ne voulait pas s'en départir, comme si elle redoutait quelque chose.

— Il est à moi, dit-elle en hésitant.

— Oui, mais c'est moi que tu as dessiné. J'ai le droit de le voir, non?

Il a un sourire qui se veut rassurant, mais qui ne laisse pas Jo très convaincue. Lentement, avec réticence, elle lui tend son dessin. Pendant un long moment l'homme regarde le portrait en silence, comme s'il en examinait chaque coup de crayon. Jo ne le quitte pas des yeux. Elle attend le verdict avec angoisse.

— C'est excellent, prononce-t-il enfin.

Jo respire. Elle s'étonne de l'importance qu'elle accorde au jugement de cet inconnu. Elle a fait ce dessin pour elle-même, après tout, pas pour lui. Elle attend ses commentaires, mais c'est une question qu'il pose. Une drôle de question qui mystifie Jo.

— Connais-tu le docteur Gachet?

Étonnée, elle fait signe que non.

— Et Vincent Van Gogh, ça te dit quelque chose?

Un large sourire éclaire le visage de Jo. Enfin, elle se retrouve en terrain connu; elle relaxe et s'exclame avec enthousiasme.

— Oui, bien sûr, il est mon héros.

— Alors, tu devrais connaître le docteur Gachet, insiste l'inconnu.

— Pourquoi?

— Parce que tu m'as dessiné exactement comme Van Gogh a peint le docteur Gachet. La casquette, la joue appuyée sur sa main, le regard triste... C'est une bien étrange coïncidence... ou peut-être n'en est-ce pas une?

Il lit la signature au bas du dessin.

— Tu t'appelles Jo?

— Joséphine, précise la fillette.

L'homme a tiré son portefeuille de sa poche et il en sort quelques billets.

— Joséphine, tu as beaucoup de talent. Je t'achète ce dessin. Tu pourrais devenir une grande artiste tu sais, surtout si tu laisses Vincent guider ta main.

Avant même que Jo ait pu réagir, son dessin a disparu dans la serviette de son modèle. Doit-elle se réjouir? C'est la première fois qu'elle reçoit de l'argent pour son travail. L'homme se lève et lance:

— Je te rencontrerai de nouveau demain, ici, même heure. Je veux que tu m'apportes d'autres dessins. Si je les aime, je t'en achèterai d'autres...

Jo n'a pas le temps de répondre, car l'homme a déjà disparu. Décidément, il a une curieuse façon de se déplacer sans se faire voir, cet homme! Comme une statue, Jo reste clouée sur sa chaise à fixer les billets qu'il a laissés sur la table. Puis, elle se décide enfin. Elle se lève, empoche les billets et sort du restaurant.

On ne peut pas dire que l'apparition de Félix sur le trottoir constitue une surprise pour Jo tellement elle commence à s'habituer à ce qu'il soit toujours là comme son ombre. En fait, cette fois elle est plutôt contente. Elle ne proteste même pas lorsque Félix crie:

— Es-tu complètement folle?

D'un air détaché, elle lui montre l'argent. Félix ne manifeste aucun intérêt, pas le moindre. Il poursuit son idée avec entêtement.

— On ne t'a jamais dit de ne pas suivre un inconnu dans la rue?

— Je ne l'ai pas suivi, il m'a emmenée.

Félix est scandalisé.

— Je ne t'ai pas entendue appeler au secours trop fort, il me semble.

Le ton de Jo est condescendant, comme si elle expliquait une leçon à un enfant.

— Veux-tu te calmer, s'il te plaît? C'est un expert en art. Il veut m'acheter d'autres dessins.

Elle secoue les billets sous le nez de Félix qui écarquille les yeux. Jo a tourné les talons et s'éloigne d'un pas rapide.

Félix a mis quelques secondes à réagir. Il court derrière Jo en criant:

— Jo, tu dois lui rendre cet argent!

— Tu es fou? En fait, je le rencontre à nouveau demain. C'est un homme absolument fascinant.

La surprise, la peur, la colère, le désespoir, tout passe en même temps sur le visage de Félix. Il proteste.

— C'est un faux... un faux... un faussaire!

— Oh, parce que tu t'y connais, hein? Tout comme tu savais que personne ne connaissait Henri Rousseau ou que grand-mère ne pouvait pas m'accueillir sur la plate-forme de la gare?

Félix reste planté sur le trottoir à regarder Jo qui disparaît dans la foule.

De succès en succès

On dit qu'un bonheur, comme un malheur, ne vient jamais seul. L'aventure de Jo avec son expert inconnu semble l'avoir réconciliée avec l'idée de retourner à l'école. C'est donc à l'heure qu'elle se présente en classe ce matin-là, sans se douter le moins du monde qu'une autre agréable surprise l'attend, mais pas du tout évidente au premier abord, cependant. En effet, la classe est vide. «Qu'est-ce qui se passe?» se demande Jo, étonnée, «Est-ce un jour de congé?»

Elle est sur le point de quitter l'école lorsqu'elle entend la petite voix très caractéristique de Silva qui arrive en courant dans le couloir. Elle lui baragouine à toute vitesse des phrases que Jo ne comprend

pas et la tire par le bras avec un tel enthousiasme que, malgré elle, Jo se laisse en-
traîner dans le grand auditorium. Elle
ouvre la porte.

— Regarde, lance Silva, un peu impa-
tientée par l'apathie de Jo. Tu ne comprends donc pas?

— Comprendre quoi?

Déjà les explications de Silva sont su-
perflues parce que Jo aperçoit les élèves
de sa classe accroupies sur le sol autour
de grandes pièces de toile. Elles ont commencé à travailler sur le fond de scène de
la pièce de Félix... et c'est son dessin qui
en est le modèle! Jo n'en croit pas ses yeux.

Elle s'avance, hésitante, et se retrouve
nez à nez avec madame Andrée qui exhibe
un sourire légèrement forcé.

— Eh bien, toute la classe a décidé
d'arrêter son choix sur ton dessin. Je me
suis rangée à l'avis général...

Manifestement radoucie, elle ajoute:

— D'ailleurs, Jo, comme tu l'as si bien
dit, Vincent aussi a copié à ses débuts et tu
as raison, de qui peut-on apprendre, sinon
des autres?... meilleurs que nous.

Silva n'a pas cessé de sautiller autour
d'elle et de la tirer par la manche. Même si
son cœur bat toujours à grands coups, Jo
commence à se détendre un peu, sans
pourtant trouver un seul mot pour expri-

mer sa surprise, sa joie et sa honte d'avoir menti peut-être. Aussi, elle est presque soulagée lorsque madame Andrée lui chuchote à l'oreille:

— C'était bien Henri Rousseau, n'est-ce pas?

Un peu embarrassée, Jo se tortille en reconnaissant timidement:

— En grande partie, oui...

— Tu vois, ce n'était pas si difficile à avouer?... Oh, en passant, nous n'allons pas mettre Félix au milieu de la toile!

Elles s'esclaffent en même temps. La glace est rompue. Heureuse, rassurrée, Jo se laisse amener par Silva et se met aussitôt au travail avec ses collègues de classe. Les vibrantes couleurs du tableau commencent à apparaître sur la toile. Jo a enduit son pinceau du beau vert profond de la forêt et elle peint une grande masse de feuillage dense. Elle travaille vite et bien et ce n'est pas étonnant puisqu'elle connaît déjà le tableau sur le bout de ses doigts. Lorsqu'elle peint, les heures filent comme des secondes sans même qu'elle s'en aperçoive. C'est vrai, le temps semble toujours tellement court lorsqu'on est occupé à quelque chose qu'on aime. Or Jo adore dessiner...

Justement, ça lui rappelle soudain l'homme à la casquette avec qui elle a pris rendez-vous. Ciel! Jo avait oublié l'heure. Vite, elle doit courir à la maison se débarbouiller et choisir quelques dessins qu'elle veut lui montrer. Tout en rangeant précipitamment ses pinceaux et ses pots de peinture, elle regarde distraitement Félix et son équipe qui répètent leur pièce sur la scène, à l'autre bout de la salle. Tout à coup, une inspiration... Si elle demandait à Félix de l'accompagner incognito? Il n'est pas si mal qu'elle croyait, après tout, ce Félix. Peut-être un peu malhabile dans son insistance à se mettre le nez dans ses affaires, mais il le fait de si bon cœur, toujours prêt à l'aider. Un peu poseur aussi, mais n'est-ce pas son métier de comédien qu'il apprend? «Et puis», se dit Jo, «ce serait vraiment bien d'avoir un ami dans cette ville où je ne connais personne...»

Sa décision est prise, elle va inviter Félix. Jo s'avance vers la scène où son copain dirige l'installation des pièces du décor et, l'air indifférent, tout de même un peu hésitante, car elle n'a pas péché par excès de gentillesse envers lui jusqu'à maintenant, elle lui chuchote:

— Si ça t'intéresse, j'ai rendez-vous avec lui ce soir à cinq heures. Même endroit. Mais sois discret.

Félix est trop estomaqué pour répondre et il n'en aurait d'ailleurs pas eu le temps parce que Jo a déjà filé. Bouche bée, il la regarde sortir à l'autre bout de la salle.

La deuxième rencontre

Cette fois, le restaurant est presque plein lorsque Jo arrive au rendez-vous et elle se sent parfaitement rassurée même si Félix ne semble pas avoir accepté son invitation. Dans la demi-obscurité, elle repère son modèle qui l'attend à une table. Dès qu'il la voit venir, il se lève aussitôt et lui tire cérémonieusement une chaise, ce qui a pour effet de la faire rougir un peu, car Jo n'a pas l'habitude des galanteries et ce n'est sûrement pas son frère Pierre qui lui tirerait une chaise à table!

Un peu gauchement, peut-être parce qu'elle craint le jugement du grand expert, Jo sort ses dessins et les dépose devant lui en même temps qu'il lui tend sa carte de visite. C'est d'ailleurs pour elle une bonne excuse de ne pas le regarder examiner ses dessins. Elle lit: «Bruno Winkler, marchand d'œuvres d'art».

— C'est moi, dit-il sans lever les yeux des dessins dispersés sur la table.

Un long, très long moment de silence. L'angoisse de Jo enfle dans sa poitrine comme un grand oiseau qui déploie ses ailes. Les paroles de l'homme tombent dans le silence comme de petits cailloux dans l'eau:

— Joséphine, ces dessins sont excellents...

Heureusement que le garçon de table se présente à ce moment-là pour prendre la commande car Jo n'aurait pas su quoi répondre.

— Un grand pot de thé chinois, dit le docteur Winkler en levant la tête.

Mécaniquement Jo suit le mouvement du regard de son modèle vers le garçon de table. Si elle avait déjà été en train de boire son thé, elle se serait sans doute étouffée. C'est Félix déguisé en garçon de table chinois! On n'est pas apprenti-comédien pour rien!

— Oh, ce n'est pas vous qui étiez là hier, constate laconiquement le docteur.

— Euh, non...

Encore un mot ou une grimace de Félix et Jo s'esclaffe; déjà elle retient à peine les petits éclats de rire dans sa gorge. Heureusement que le docteur Winkler n'a rien vu, il aurait pu croire qu'elle se moquait de lui. Mais non, il semble trop absorbé par les dessins de Jo qui ne comprend pas très bien d'ailleurs pourquoi il lui demande si, par hasard, elle n'aurait pas des œuvres de Van Gogh avec elle. Bien sûr, elle a son beau livre dans son grand sac. Quelle chance! Elle le tend à l'expert qui tourne rapidement les pages et s'arrête sur un portrait.

— Voici le docteur Gachet.

Même si elle avait vu la peinture en feuilletant les pages, Jo n'avait pas remarqué l'étonnante ressemblance de son modèle avec celui de Vincent. Quelle étrange coïncidence!

— Mais pourquoi Van Gogh peignait-il tout le monde avec un air si triste? demande Jo au docteur Winkler.

Il hésite un moment:

— Il est mort très jeune, tu sais.

Jo n'est pas satisfaite de la réponse, ça n'explique aucunement sa tristesse pendant qu'il vivait.

— Peut-être à cause d'une malheureuse histoire d'amour...

L'amour, c'est une histoire de grandes personnes et Jo ne comprend pas très bien pourquoi l'amour serait triste. Elle aime ses parents, sa petite sœur et même son exécrable frère. Elle aime ses copains et un peu Félix aussi, pourquoi pas? Bien sûr, il y a toujours des moments déplaisants, des malentendus, des jours où on ne se comprend pas du tout, où rien ne va. Mais dès le lendemain, on rit, on se parle, on fait la paix et le soleil brille de nouveau.

Le docteur Winkler feuillette le grand livre. Il s'arrête sur l'image d'une belle jeune femme.

— C'est elle que Vincent aimait, mais son père les a séparés.

Jo réfléchit. C'est vrai que ça doit être difficile d'être séparé de ceux qu'on aime. Une vague de nostalgie la ramène à tous ceux qu'elle a laissés derrière elle dans sa petite ville natale. Elle soupire.

— Qui elle était cette jeune fille?

— C'était Marguerite, la fille du docteur Gachet.

Jo regarde attentivement le portrait. À quoi donc pouvait penser cette jeune fille pendant que Van Gogh la dessinait? Elle a oublié le docteur Winkler, elle rêve. La voix de l'homme la fait sursauter.

— Tu sais qu'il n'a jamais vendu de tableaux pendant sa vie?

Jo fait signe que oui.

— Et pourtant, continue le docteur, il ne s'est jamais découragé, il n'a jamais cessé de peindre...

Jo lève brusquement la tête. Découragé? Pourquoi a-t-elle l'impression d'entendre ce mot pour la première fois? Pourquoi a-t-elle le sentiment qu'elle vient de découvrir soudain quelque chose d'important? Elle murmure:

— C'est peut-être pour ça que Vincent me fascine tellement, parce qu'il n'a jamais renoncé.

Le docteur Winkler hoche la tête d'un air grave.

— Sans doute, Joséphine, mais tu sais que tu as un talent spécial aussi et tu ne dois jamais laisser tomber non plus.

Incroyable que cet homme intelligent, cultivé, puisse s'intéresser à elle. Pourquoi n'a-t-elle pas la chance de l'avoir comme professeur? Jo se fabrique des songes. Elle a totalement oublié la présence de Félix qui se faufile entre les tables, essayant tant bien que mal de jouer son rôle sans se faire repérer par le propriétaire du restaurant.

Jo n'est même pas surprise quand l'homme lui annonce qu'il achète un autre dessin. Serait-ce qu'elle s'habitue déjà au succès? Mais pourquoi donc lui tend-il ces feuilles de papier à dessiner qui ont l'air jaunies par le temps? Elle ne sait pas qu'il s'agit effectivement d'un vieux papier, très rare. Le docteur Winkler ne lui laisse pas le temps de poser des questions, il explique aussitôt:

— Tu vois ce papier? Dessine-moi des scènes de campagne sur ces feuilles, des canards, par exemple, ou des oies peut-être.

Jo est sur le point de protester.

— Je ne peux dessiner que ce que je vois. Je n'ai pas d'ima...

Elle arrête les mots sur ses lèvres. Elle ne va pas quand même pas répéter l'histoire de la forêt? Cette fois, elle veut essayer de dessiner sans modèle, en se fiant seulement à sa mémoire, à ses souvenirs. D'ailleurs, elle n'a strictement rien à perdre...

— D'accord, dit-elle en prenant le papier.

Le docteur Winkler s'est levé de table et la salue cérémonieusement en se dirigeant vers la porte. Aussitôt, Félix se précipite vers elle.

— Tu ne vas pas faire ça, Jo?

Elle hausse les épaules et sort du restaurant à son tour sans attendre Félix.

*　*　*

Ce soir-là, enfermée dans sa chambre, Jo tente de réveiller ses souvenirs et de se représenter les scènes qu'elle a vues maintes fois sur la ferme familiale. Elle imagine des dizaines de petits tableaux dans sa tête, mais lequel reproduire sur papier? Soudain, elle pouffe de rire. Pourquoi pas cette oie en colère qu'elle a vu un jour poursuivre les poules dans le potager? Le cou étiré, ses puissantes ailes déployées, elle chassait à grands cris les imprudentes poules venues picorer sur son territoire. Pauvres poules, elles couraient si vite que leurs plumes volaient au vent. Jo rit en se remémorant le spectacle. Ça y est, son fusain est parti, il glisse sur le papier précieux. Le bec ouvert, les petits yeux ronds menaçants, le long cou allongé, les ailes qui battent l'air... Petit à petit, l'oie prend forme.

Jo lève les yeux sur la photo de Vincent

qui trône en maître sur sa table de travail. Elle l'interroge.

— Tu crois que ça ira, Vincent?

Comme toujours, la photo reste muette, Vincent ne répond jamais. Pourtant, Jo sent de légers chatouillements au bout de ses doigts, elle a l'étrange impression qu'on lui guide la main. L'oie est superbe. Jo s'attaque maintenant aux poules effarées. Sur le même thème, elle couvre de dessins tous les papiers du docteur.

Jo n'est pas superstitieuse, elle ne croit pas aux fantômes. Pourtant ce soir, une singulière présence semble habiter sa chambre. Elle a l'étrange sentiment qu'elle n'est pas seule...

* * *

Les heures ont filé comme le vent aujourd'hui à l'école. La grande toile de fond a été hissée à l'arrière-scène et, grimpées sur des escabeaux, les élèves étalent les vibrantes couleurs de la forêt. Les fleurs apparaissent au milieu du feuillage, jaunes, rouges, orange. Toute la salle prend vie, l'animation règne. Les filles s'échangent les pots de couleurs, les pinceaux, elles grimpent et dégringolent les escabeaux. On échange des remarques, on rit. Jo n'arrête pas une seconde.

Quelque part dans sa tête, pourtant, flotte la pensée de sa prochaine rencontre avec le docteur Winkler. Elle repousse la petite angoisse qui la ronge. Doit-elle inviter Félix, cette fois? Pas que sa présence ait été très utile la dernière fois, elle avait même oublié qu'il était là, mais sait-on jamais? Pourquoi Félix est-il si convaincu que le docteur est un escroc? Il est agaçant à la fin. Jo est persuadée qu'il a tort.

Voilà justement Félix qui s'approche d'elle. Il regarde la grande toile avec l'œil satisfait du metteur en scène qui est bien en contrôle de la situation.

— C'est génial, Jo!

Félix exagère, comme toujours, mais Jo est tout de même touchée du compliment. Elle sourit, taquine:

— Merci, monsieur l'expert... Et alors, ce soir, tu fais le garçon de table encore une fois?

Félix fait la grimace, un peu sceptique. D'abord, il n'aime pas du tout ce monsieur et en plus, il ne lui a même pas laissé de pourboire, hier soir. Ce qu'il s'empresse de faire remarquer à Jo qui s'esclaffe:

— Quel pingre tu fais! À ce soir donc...

* * *

84

La place est littéralement bondée de monde lorsque Jo se présente au restaurant à l'heure fixée par le docteur. Elle a même un peu de difficulté à le trouver. C'est qu'un groupe de Chinois, serrés autour d'une grande table ronde, est en train de célébrer le baptême d'un bébé, à la manière chinoise, bien sûr. On admire le nouveau-né qui se laisse passivement trimbaler d'une paire de bras à l'autre. De tous côtés, les appareils photo éclaboussent le restaurant de brefs jets de lumière, tant et si bien qu'on ne sait pas d'où ils viennent.

Distraite par le brouhaha, Jo s'approche lentement du docteur Winkler qui l'accueille avec grâce. A-t-elle perçu un mouvement d'impatience ou est-ce sa propre crainte à l'idée de faire voir ses dessins à l'expert? Elle les pose précipitamment sur la table. Suit un long moment de silence inquiétant. Elle voit le docteur qui examine ses dessins l'un après l'autre avec attention et qui semble étudier chaque détail comme s'il les passait à la loupe. Enfin il sourit. Quel soulagement! C'est avec un peu d'inquiétude que Jo attend les commentaires de ce grand expert qui sûrement peut lui apporter de précieux conseils. Aussi est-elle fort étonnée de le voir tirer son portefeuille de sa poche. Un peu confuse, elle proteste:

— Mais non, docteur Winkler, vous m'avez déjà acheté deux dessins et de toute sa vie, Vincent, lui, n'en a vendu qu'un...

Sans répondre, sans même lever les yeux sur elle, il a déjà posé l'argent sur la table. Bizarrement, il paraît tout à coup très pressé et Jo a le vague sentiment qu'il va disparaître de sa vie aussi abruptement qu'il y est entré. Elle cherche les mots pour le retenir encore un peu, mais l'apparition soudaine d'une blonde jeune fille qui se dirige vers eux attire son attention. Quelles drôles de petites lunettes elle porte sur son nez! Jo n'a pas le loisir de les examiner parce que la jeune fille a porté un appareil photo devant ses yeux et posé le doigt sur le déclencheur.

— Souriez, monsieur le docteur!

L'homme a réagi comme s'il venait de recevoir une décharge électrique. Il attrape le dessin de Jo et le pose devant son visage juste au moment où la petite lumière blanche jaillit de l'appareil. Il bondit sur ses jambes. Fou de rage, il tend la main vers l'appareil photo:

— Donne-moi cette chose immédiatement!

Félix, car c'est bien lui qui cette fois s'est déguisé en blonde jeune fille, a heureusement des réflexes aussi vifs que ceux du docteur.

— Je n'ai pas pris votre photo, je vous jure, dit-il en se faufilant vers la sortie.

L'homme paraît sur le point de partir à la poursuite de Félix. Son visage est rouge de colère, mauvais. Le changement soudain qui s'est opéré chez lui est si inattendu que Jo en est paralysée. Elle le regarde totalement désemparée, encore sous l'effet du choc. Winkler l'aperçoit et de nouveau son visage se transforme, sa grimace faisant place à un éclat de rire forcé.

— Désolé, ma chère Joséphine, mais comme disent les Arabes, si tu captes le visage de quelqu'un sur pellicule, tu lui voles son âme...

Évidemment, Jo ne comprend pas et elle voudrait bien savoir pourquoi il a si peur qu'on lui vole son âme. Elle n'a d'ailleurs pas le temps de le lui demander, car il a glissé les dessins dans sa serviette et la salue aimablement.

— Adieu, Joséphine, je dois partir maintenant. Je ne crois pas que nous nous reverrons, je retourne à Amsterdam dès demain...

— Mais, proteste Jo, qu'allez-vous faire de mes dessins?

— Ne t'en fais pas! Je vais les conserver précieusement.

Un sourire énigmatique et l'homme a déjà disparu...

Un singulier écho de Hollande...

Les jours ont passé et Jo a presque oublié le docteur Winkler tellement l'école a accaparé tout son temps. Le grand moment approche. La pièce de Félix sera bientôt prête et l'activité est à son comble. Il faut terminer la toile, placer tous les décors, essayer les costumes, voir aux dernières répétitions, effectuer les ultimes changements aux dialogues. En un mot, la place bourdonne comme une ruche.

Devant la grande toile, les garçons installent les arbres et les scies mécaniques. Complexes à fabriquer, ces arbres; il a fallu prévoir un mécanisme qui les fasse plier jusqu'à terre lorsque les scies mécaniques les attaqueront mais, surtout, les redresser au moment de la scène finale.

Toute l'idée de la pièce repose sur la protection de nos forêts. Il faut absolument que les hommes cessent d'abattre les grands arbres qui assurent la survie même de la planète. Il faut le dire à tout le monde. Félix et son équipe sont fiers de leur idée, mais quelle catastrophe si les arbres n'allaient pas se relever à la fin de la pièce! Quelle honte si leur beau mécanisme refusait de fonctionner! On serait nerveux à moins, d'autant plus que la plupart des parents seront dans la salle...

Le grand soir arrive toujours un peu trop tôt pour les fébriles artistes. La salle est bondée au-delà de toute espérance, il n'y a pas un siège de libre. Quelques jeunes frères et sœurs ont même dû s'installer sur les genoux des parents. Par un coin du rideau de scène qui cache le décor, Jo a aperçu Bert et Mamie dans l'auditoire. Malgré sa propre nervosité, elle n'a pu s'empêcher de sourire en voyant grand-mère essuyer une larme d'émotion... Quel phénomène, cette Mamie!

L'heure a sonné. Sur la scène, tout le monde est en place. Les aborigènes (dont Félix est le plus beau spécimen !!!) s'apprêtent à livrer bataille aux bûcherons qui, de leurs vilaines scies, menacent les arbres. Splendide, la toile de fond colore la scène. Musique! Le rideau se lève, la bataille s'engage. Les bûcherons remportent la première victoire et les arbres s'écrasent. Une musique lugubre remplit la salle. Il n'y a plus qu'une lueur rougeâtre pour éclairer la scène lorsque, tout à coup, un faisceau lumineux tombe sur Félix allongé sur le sol, près d'un arbre abattu. Sa voix résonne dans le silence de la salle:

— Est-ce le sort qui attend nos forêts?

Au même instant, un frêle personnage apparaît au milieu de la scène, flûte aux lèvres, baigné dans une douce lumière blanche. Dès les premières notes, la scène s'anime. Lentement, lourdement comme de gros éléphants qui se remettent sur pattes, les arbres se redressent un à un en grinçant. La forêt se reconstitue et se réanime sous les yeux émus des spectateurs. On entend à nouveau le chant des oiseaux. Une musique triomphale éclate. Le miracle s'est produit...

Les applaudissements fusent de partout dans la salle alors que le rideau tombe et se relève sur tous les heureux comédiens alignés à l'avant-scène. Jo est là aussi, avec ses collègues qui ont réalisé la superbe toile. La magnifique soirée s'achève dans l'allégresse et c'est le moment de rejoindre les parents qui les embrassent avec fierté. Jo va descendre lorsqu'un éclair l'éblouit. Non, pas Tom Mainfield? Le reporter-photographe de son village?

— Tu auras ta photo dans le journal, Jo. Souris!

Jo souriait déjà, mais pas pour Tom, pour grand-mère qui est montée sur scène et l'accueille dans ses bras.

— C'est toi qui as fait cette grande peinture, Pupa? s'émerveille grand-mère.

Tout le monde a le fou rire.

— Pas moi toute seule, Mamie!

— Excellente pièce, excellente pièce, commente Bert.

Justement, Jo aperçoit Félix qui approche avec sa mère. Il a sûrement entendu le commentaire de Bert. Taquine, Jo le pointe du doigt:

— Ouais, je dois dire que je n'étais pas trop rassurée, c'est lui qui l'a écrite...

Heureusement, l'arrivée inopinée de madame Andrée empêche Félix de rétorquer. Elle salue grand-mère. Mais surtout, surtout, elle a une surprise pour Jo. Dans un magazine qui lui vient tout droit d'un ami d'Amsterdam, il y a un long article sur Van Gogh. Jo tend aussitôt la main vers le magazine, mais madame Andrée le garde serré sous son bras. Elle va d'abord raconter l'histoire à tout le monde. Seulement après Jo pourra voir les photos. Si elle avait su! La brave professeure aurait pu s'attendre à tout, mais sûrement pas à ce qui allait se passer...

— L'article raconte l'incroyable histoire d'un Hollandais qui possédait une oie. Un jour, elle disparut et il la chercha partout sans succès jusqu'à ce qu'un bon soir, il perçoive de petits cris plaintifs qui semblaient venir du toit. Il se précipite au grenier. Guidé par les «couacs, couacs», il s'approche et s'aperçoit que son oie s'est faufilée entre deux planches dans un trou du mur. Aussitôt, il élargit l'ouverture pour récupérer son oie qu'il trouve bien assise sur une grosse boîte. Bien sûr, il tire la boîte en même temps que l'oie...

Madame Andrée prend tout son temps. Elle savoure la curiosité de son auditoire, mais Jo commence à s'impatienter.

«Quel rapport entre l'oie et Van Gogh?»

— ... il ouvre la boîte et vous savez ce qu'il y trouve?

Une pause dramatique.

— Un dessin, vieux de cent vingt ans, fait par Van Gogh lui-même lorsqu'il avait ton âge, Jo!

Même s'il ne connaît pas grand-chose à Van Gogh, Bert fait des calculs rapides:

— Ça doit valoir une fortune?

— Et comment! s'exclame madame Andrée. Un homme d'affaires japonais, un certain monsieur Hirodake, l'a acheté au coût d'un million.

Ce disant, elle tire enfin le magazine de sous son bras et l'ouvre à la page marquée. Elle montre les photos à la ronde.

— Voici l'oie assise sur sa boîte avec son maître. Là, c'est l'homme d'affaires japonais. Et sur la page suivante, le dessin de Van Gogh...

La page glisse sous les doigts fébriles de madame Andrée. Jo trépigne d'impatience. Puis, c'est la catastrophe, Jo est frappée de stupeur! Les traits de son visage ont pris la couleur de la cendre alors que tous les regards se tournent vers elle.

— Qu'est-ce qui se passe, Jo? demande la dame.

Mamie et Bert sont sidérés par la réaction inattendue de Jo qui hésite et tergiverse... Elle tente de reprendre son calme, elle secoue la tête.

— Ce n'est rien, je vous assure...

Quitte à le regretter par la suite, sa professeure insiste:

— Ce n'est sûrement pas rien, Jo, tu es aussi blanche qu'un fantôme. Qu'est-ce qui t'arrive? Explique-moi.

— Je ne peux pas, murmure Jo. D'ailleurs, vous ne me croiriez pas...

Madame Andrée reçoit la réponse de Jo comme un soufflet. Pourquoi rappeler le malheureux incident du mensonge? Sa voix se fait toute douce:

— Bien sûr que je te croirai.

Jo saute d'un pied sur l'autre, tête basse. Il faut pourtant en finir, tout le monde attend son explication.

— Ce n'est pas Vincent qui a fait ce dessin... c'est moi!

La surprise, la stupeur, l'incrédulité, l'envie de rire se succèdent sur le visage de madame Andrée. Sûrement, Jo se paie sa tête. Elle échappe un petit rire:

— Tu avais parfaitement raison, Jo. Je ne te crois pas.

C'est la douche d'eau froide. Jo perd contenance et bondit en courant vers la sortie en basculant les chaises sur son passage.

— Je savais que vous ne me croiriez pas!

La colère de Jo est si violente et si subite que madame Andrée se voit forcée d'intervenir. Elle suit Jo et la rattrape.

— Jo, pour l'amour du ciel, tu n'as pas à inventer des histoires, tu es assez douée pour très bien réussir toute seule... Tu n'as pas à mentir...

Jo secoue la main que madame Andrée a posée sur son épaule. Son visage ruisselle de larmes:

— Une menteuse, hein? Voilà ce que je suis! Oubliez ce que j'ai dit!

La brave dame n'est malheureusement pas dans un état d'esprit pour oublier.

— C'est comme ça que tu me remercies?

Heureusement que grand-mère et Bert les ont rattrapées. Quoi? Quelqu'un ose s'attaquer à sa petite fille sous ses propres yeux? Indignée, furieuse, grand-mère éloigne brutalement la main de la professeure.

— Basta! Viens, Pupa, on s'en va.

— Vous ne savez pas toute l'histoire, ce n'est pas la première fois que cette petite me ment.

Bert la foudroie du regard.

— Ça, c'est un peu fort! dit-il d'un air insulté.

*   *   *

Jo est soulagée de retrouver enfin le calme relatif du foyer de grand-mère. Elle pleure doucement, déçue, découragée.

— Je devrais retourner à la maison, dit-elle.

Prise au dépourvu devant le grand chagrin de Jo, grand-mère est plutôt d'accord, mais peut-être qu'une bonne nuit de sommeil arrangera les choses?

Sauf que le lendemain, un samedi, Jo se fait tirer du lit par un appel de son père qui, tout heureux, lui annonce que sa photo est dans le journal local et qu'un long article l'accompagne. Tout le monde au village ne parle que de son succès à l'école d'art. La famille est fière d'elle et tout le monde l'embrasse, même Pierre.

Jo a raccroché comme dans un rêve. L'appel de son père vient de décider pour elle. Comment peut-elle abandonner l'école et rentrer à la maison maintenant? Bert l'appuie malgré les hésitations de grand-mère. Oui, c'est sûr, il vaut mieux retourner à l'école et tranquillement finir la session. D'ailleurs, qui pourrait l'aider si même Félix a disparu? «Encore quelques semaines et cette malheureuse histoire sera terminée, je pourrai enfin rentrer chez moi», pense Jo. Tant bien que mal, Jo se résigne.

Mais le lundi matin est trop vite arrivé.

Jo se doutait bien qu'aussitôt rentrée à l'école, elle serait appelée au bureau du directeur, et que bien sûr madame Andrée serait là, le regard terne. Résignée, Jo prend place dans le fauteuil et attend patiemment l'avalanche.

— Jo est une jeune fille très douée, explique madame Andrée à monsieur Mailhot, mais je ne crois pas qu'elle puisse rester dans ma classe.

Le directeur proteste. Comme Bert, il croit lui aussi qu'elle y va un peu fort.

— Je vous assure, Jo et moi, nous ne partageons pas le même point de vue sur le mensonge.

Jo se tourne brusquement et la regarde un moment, hésitante. Vaut-il vraiment la peine d'essayer de la convaincre? Son idée est arrêtée de toutes façons, alors pourquoi faire l'effort? Elle murmure finalement en haussant les épaules:

— J'ai dit la vérité...

Le regard que madame Andrée lance au directeur en dit long sur ce qu'elle pense. À son avis, Jo vient tout juste de lui donner raison: non seulement elle raconte des histoires, mais elle est têtue comme une mule!

Le silence s'éternise dans la pièce. Monsieur Mailhot réfléchit. Que faire? Retirer Jo de la classe? Raisonner la professeure? Il est convaincu que toute cette histoire est une tempête dans un verre d'eau, un malheureux malentendu. Il doit pourtant prendre une décision...

Sous le coup d'une brusque poussée, la porte s'ouvre soudain et Félix fait son apparition. Heureuse diversion pour monsieur le directeur qui peut retarder quelque peu sa décision. Tout de même, quel effronté, ce garçon!

— Dis donc, toi, c'est comme ça que tu entres chez les gens?

Félix brandit une large photo sous le nez de monsieur Mailhot.

— J'ai la preuve! J'ai la preuve!

Puis il ajoute, comme à regret:

— Excusez-moi...

La diversion de Félix a surtout réussi à abasourdir monsieur Mailhot qui s'exclame, impatient:

— La preuve de quoi?

— Que Jo ne ment pas! Comparez cette photo à celle du magazine, vous verrez...

Le magazine est en effet grand ouvert sur le bureau. Incrédules, les yeux du directeur vont de l'une à l'autre comme de petits écureuils qui se poursuivent de branche en branche. Il doit pourtant se rendre à l'évidence: c'est la même oie, les mêmes poules, le même dessin qui cache le visage d'un homme assis à une table. En

98

face de lui, nul doute, c'est bien Jo qui le regarde. Elle a d'ailleurs l'air aussi surprise que monsieur Mailhot. Elle interroge Félix:

— Où as-tu pris ça?

Ce n'est pas le moment des longues explications et Félix se contente de mimer le geste du déclic de l'appareil photo.

— Vous voyez bien, Jo et le dessin sont sur la même photo. Si la preuve ne vous convainc pas, je me demande bien ce que ça vous prend!

Félix est fier de sa tirade, il serait sur la scène du théâtre qu'il n'aurait pas fait mieux, mais il n'a pas le loisir de continuer car monsieur le directeur l'interrompt.

— Et qui est l'homme qui se cache derrière la photo?

Jo est enfin revenue sur terre. Soulagée, rassurée, elle a les yeux qui pétillent.

— C'est l'homme dont je vous ai parlé, celui qui a acheté mon dessin, le docteur Winkler.

Monsieur Mailhot est non seulement convaincu mais ravi de l'intervention miracle de Félix qui arrive à point pour le tirer d'embarras. Soulagé, il attend la réaction de madame Andrée qui émet un petit rire confus.

— Je suis désolée, Jo, mais ton histoire paraissait tellement invraisemblable...

Magnanime, Jo la rassure.

— Naturellement, je ne l'aurais probablement pas crue moi non plus.

Jo s'est élancée vers Félix et le serre
dans ses bras.

— Merci, Félix, tu es extraordinaire.

— Et voilà, le cas est réglé, proclame
Félix en rougissant légèrement.

— Ah ça non, s'exclame Jo, pas du tout!
Je veux récupérer mon dessin.

Félix est sidéré.

— Tu ne peux quand même pas aller le
chercher à Amsterdam!

Jo lui jette un regard entendu, l'air de
dire «c'est ce qu'on va voir!» et l'entraîne
aussitôt vers la porte.

— Ne vous inquiétez pas si nous man-
quons quelques jours de classe, lance-t-elle
à monsieur Mailhot en sortant.

Le directeur et madame Andrée s'esclaffent. Quel sens de l'humour elle a, cette
Jo!

À la recherche d'un chaperon...

Sens de l'humour? Au contraire, Jo est absolument sérieuse et elle a la ferme intention de récupérer son dessin d'une façon ou d'une autre. Mais elle est quand même réaliste et elle sait fort bien qu'elle ne peut pas partir toute seule comme ça, sans aide.

Les petites roues se sont mises à tourner dans sa tête. Qui donc pourrait l'aider dans cette folle aventure? Un seul nom retient son attention. Tom Mainfield, le photographe, d'autant plus que c'est un ami de son père. Sûrement il ne demanderait pas mieux que de partir en voyage et surtout, quelle gloire s'il pouvait titrer en première page de son journal: «Tom Mainfield a percé le mystère de Bruno Winkler!»

Aussitôt pensé, aussitôt fait, Jo est entrée en action. Naturellement, Tom Mainfield est emballé par l'idée, mais grand-mère est catégorique, c'est de la folie! Papa

trouve l'idée excellente, maman hésite et quant à lui, Pierre déclare qu'il n'est pas question que Jo aille seule, il doit l'accompagner! Jo n'a pas l'ombre d'une hésitation: si quelqu'un doit l'accompagner avec Tom, c'est Félix!

Quelqu'un devra bien payer le voyage, n'est-ce pas? Et ce quelqu'un ne peut être que monsieur Purvis, le patron du journal. Tom, lui, ne doute de rien, il s'en charge, et non seulement il cherche, mais il trouve tous les arguments. À sa grande surprise, il ne met qu'une petite demi-heure à persuader monsieur Purvis qui, sans l'avouer, serait tout à fait ravi de faire parler de son journal. Les préparatifs s'amorcent aussitôt à fond de train.

La ville aux cent canaux

À peine une semaine plus tard, Tom, Jo et Félix sont en route pour Amsterdam. Mais il faut bien reconnaître que la précipitation du départ ne leur a pas laissé beaucoup de temps pour établir un plan d'action. Ils savent seulement qu'ils partent à la recherche d'un certain docteur Winkler. Pour tout indice, les apprentis détectives n'ont qu'un nom et une adresse sur une carte d'affaires. Ce n'est pas beaucoup et malgré la description détaillée de Jo, Tom n'a pas la moindre idée de ce à quoi ressemble l'homme qu'il recherche. Mais Tom se laisser arrêter par un si petit détail? Bien sûr que non!

Pour l'heure, ils sont tous les trois émerveillés de se retrouver dans ce joli petit hôtel sur les bords d'un canal, bien que Tom n'ait pas une seconde pour admirer le paysage. Aussitôt ses bagages déposés, il veut filer à la recherche d'indices, mais Jo est moins pressée. De la fenêtre de sa chambre, avec Félix, elle regarde les célèbres canaux d'Amsterdam qui forment un réseau parallèle aux petites rues étroites qui sillonnent la ville. L'eau noire grouille de bateaux de toutes sortes: bateaux-taxis, bateaux-marchandises, bateaux-restaurants, mais surtout ces étranges bateaux-maisons ancrés le long de la rive sur lesquels vivent des familles entières. Pour Jo, ces maisons flottantes regorgent de mystères avec leurs rideaux de dentelle aux fenêtres et leurs fleurs en pots sur les ponts. Jo se sent bizarrement angoissée, sans trop savoir pourquoi. Elle devrait être heureuse, c'est le pays où est né Van Gogh, et il est rempli de souvenirs qui rappellent sa mémoire. Pourtant, une vague crainte la ronge. Pourquoi Tom leur a-t-il proposé aussi rapidement une promenade en bateau? Il a déjà les billets en main et les mène d'un pas ferme sur le quai d'embarquement où il les pousse sur la passerelle.

— Vous allez adorer la vue. J'aimerais bien y aller aussi, mais vous comprenez, le travail avant tout, n'est-ce pas?

Jo proteste:

— Nous ne sommes pas venus ici en touristes, Tom. C'est notre affaire à Félix et à moi, pas la tienne!

Sa voix se perd dans le ronron du moteur. Trop tard, le bateau quitte le quai. Plus philosophe, Félix console son amie.

— C'est pas grave, Jo. De toutes façons, on ne connaît pas encore la ville...

Et c'est précisément le rôle de la jeune guide sur le bateau: décrire la ville aux touristes, ce qu'elle fait superbement d'ailleurs, si bien que Jo se laisse un peu distraire. Elle admire les façades des maisons qui bordent le canal, étroites, collées les unes aux autres en une muraille, et leurs fenêtres comme autant de petits yeux pour observer la vie sur le canal. Justement, la guide pointe du doigt la plus petite maison d'Amsterdam, à peine un mètre de large: une curiosité.

Hautes de cinq ou six étages, il faut dire que la plupart des maisons sont plutôt étroites. C'est par leurs toits surtout qu'elles se distinguent, les uns carrés, les autres en pentes plus ou moins raides. Par contre, elles ont en commun une bizarre particularité: elles penchent toutes vers l'avant comme si elles saluaient les passants. Et ce n'est pas à cause de leur grand âge, mais parce que plusieurs étaient jadis des entrepôts d'où l'on déchargeait les navires sur le canal. De grosses poulies près des toits, encore en place aujourd'hui, tiraient les marchandises des bateaux et sans briser les vitres des fenêtres. Il fallait y penser, non?

Et ce célèbre refuge pour les chats que décrit la guide! Une barque couverte de grillage où une centaine de chats s'étirent paresseusement au soleil! Félix, lui, est littéralement emballé, quelle merveilleuse aventure! Ses yeux ne sont pas assez grands pour tout voir. Il voudrait babiller sans arrêt, échanger ses impressions avec Jo, mais il est un peu intimidé par son mutisme obstiné. Jo regarde, mais en silence. Son esprit est ailleurs. Soudain, elle marmonne:

— Je parie qu'il est déjà parti à la recherche de Winkler...

Ce en quoi elle a tout à fait raison, car Tom est présentement devant une petite galerie d'art, à l'adresse précise indiquée sur la carte d'affaires de Winkler. Très déçu cependant, car l'aimable monsieur qui lui sourit à l'entrée ne lui est pas d'un très grand secours.

— Désolé, monsieur Mainfield, je vous assure qu'il n'y a pas de docteur Winkler ici. En fait, je ne connais personne de ce nom dans le domaine des arts à Amsterdam.

Ça commence mal pour le pauvre Tom car le marchand de tableaux ne peut répondre à aucune de ses questions. Il se retrouve pantois sur le trottoir, ne sachant plus trop quelle direction prendre. L'affaire s'annonce encore plus difficile qu'il ne l'avait prévu...

Le roi des canaux

Pendant ce temps, le bateau-tourisme vient d'effectuer un adroit virage dans un canal transversal. Un canal presque entièrement bordé de bateaux-maisons, quelquefois deux ou trois de profondeur, si bien que pour se rendre chez eux, les gens doivent parfois sauter sur le pont du voisin. Fascinée, Jo regarde les gens qui vont et viennent en s'interpellant d'un bateau à l'autre. Félix n'est pas du tout certain qu'il aimerait vivre dans un bateau-maison. Ça doit devenir agaçant à la longue d'entendre le clapotis de l'eau sous sa fenêtre de chambre à coucher! Mais ce qu'ils sont jolis et colorés, ces bateaux. Certains ont tellement de plantes fleuries qu'on dirait des jardins flottants.

Soudain, la jeune guide effervescente pousse une exclamation:

— Eh, regardez! Par là! C'est le plus petit bateau-maison d'Amsterdam!

Elle indique à quelques mètres un minuscule bateau, ventru, trapu, solidement amarré entre deux gros bateaux dont l'un est peint exactement des mêmes couleurs: vert et noir. À peine visible, un nom est écrit à l'avant. *Krackatoa.*

— C'est la maison de notre célèbre Joris, explique la jeune fille. On l'appelle le roi des canaux... Eh, vous avez de la chance, voilà Joris en personne.

Jo et Félix se sont étirés le cou en même temps pour apercevoir la tête blonde ébouriffée d'un garçon de leur âge qui émerge de la cale du petit bateau. Il s'étire longuement comme s'il venait de se réveiller même s'il est presque midi.

— Salut, Joris, lui crie la jeune guide. Tu te lèves pas un peu tard, non?

Joris l'ignore comme s'il n'avait rien entendu. Il plonge un seau dans le canal et le remonte rempli d'eau dont il asperge copieusement son minuscule pont. Il n'a pas l'air de songer que l'eau aurait aussi pu lui débarbouiller le menton!

La jeune guide rit:

— C'est un fin renard, celui-là. Il n'y a personne qui connaît tous les recoins d'Amsterdam mieux que lui.

Aussitôt, Félix saute sur ses pieds, attrape Jo par la main et l'entraîne en courant sur le pont arrière du bateau. Il pointe le doigt vers Joris, qu'ils sont d'ailleurs sur le point de perdre de vue.

— C'est en plein le guide dont nous avons besoin pour battre Tom de vitesse!

Jo est drôlement impressionnée par l'idée géniale de Félix, mais hélas...

— C'est bien beau, dit-elle, mais comment comptes-tu le retrouver?

Félix n'a pas fini de l'épater. Il montre la haute tour d'un immeuble sur la rive tout à côté du bateau de Joris.

— C'est simple, nous retrouverons cette tour!

*   *   *

Quelque part ailleurs, dans les rues d'Amsterdam, ce n'est pas une tour que cherche Tom, mais une cabine téléphonique. À défaut de trouver Winkler, il essaie de dénicher un certain monsieur Hirodake, un riche homme d'affaires japonais qui collectionne les tableaux des grands maîtres. Et les dessins aussi, semble-t-il. Tom finit par trouver un téléphone, mais pas son monsieur Hirodake. Décidément, Amsterdam ne lui réussit pas très bien, il court de frustration en frustration...

Ce qui n'est pas le cas de Jo et Félix. Ils ont abandonné le bateau-tourisme et sont même déjà revenus à la tour. Ils sont maintenant au beau milieu d'un pont, l'un des nombreux jolis ponts qui enjambent les canaux de la ville. Ils regardent frénétiquement dans toutes les directions, mais aucune trace de Joris, ni de son bateau.

— Où est passé ton maître-guide? demande Jo, un peu sarcastique.

Félix est déçu, évidemment, mais pas du tout disposé à renoncer à son idée. Il aperçoit tout à coup une femme qui est en train de mettre son linge à sécher sur le pont d'un bateau. Elle a l'air gentille.

— Excusez-moi, madame, crie Félix, vous ne connaîtriez pas un garçon qui s'appelle Joris?

La dame sourit.

— Oui, je le connais.

Félix est ravi, quelle chance!

— Et par hasard, vous ne sauriez pas où il est?

— Tout juste sous vos pieds, dit la femme en riant.

D'un seul et même geste, Félix et Jo se penchent vers le canal pour apercevoir le nez du petit *Krackatoa* qui glisse sous le pont. Des pigeons picorent les grains que Joris a répandus pour eux, mais ils ont l'air seuls à bord du bateau qui semble aller à la dérive. Aucun signe de Joris. Félix appelle:

— Joris! Eh, Joris!

Quelques secondes plus tard, une tête émerge de l'étroite cage qui mène à la cale du bateau. Visage barbouillé, cheveux en bataille, Joris lève la tête vers cette voix étrangère qui l'appelle du haut du pont.

— Tu parles français?

— Ça dépend à qui je parle, répond Joris d'une voix bourrue. À qui ai-je l'honneur?

— Deux Québécois qui cherchent un bon détective, dit Félix d'un air important.

Jo a l'air de sortir d'un rêve. Elle regarde Joris avec intérêt. Pas mal ce garçon, même s'il n'a pas l'air de fréquenter l'eau et le savon trop souvent. Au moins, il a l'air de savoir où il va! Joris l'a regardée du coin de l'œil, lui aussi.

— Quelqu'un qui connaît la ville comme le fond de sa poche, ajoute Jo vivement.

Joris hésite un moment. Il n'aime pas qu'on dérange ses habitudes, et pourtant... Il pointe du menton l'un des bateaux amarrés à la rive.

— Je vous rejoins là.

Félix et Jo n'ont pas perdu une seconde. Ravis, ils courent à la rencontre de Joris qui a mis le cap vers ledit bateau et accoste sous l'œil amusé de la jolie dame blonde qui continue à suspendre son linge. Joris lui fait un petit signe.

— Salut, m'man!

L'expert-guide

Essoufflé, jubilant, Félix fait les pré-
sentations.

— Salut, je m'appelle Félix et c'est mon
amie, Jo.

Du fond de son bateau, Joris lève le nez
vers ces étranges Québécois. Sa voix est
rauque, saccadée, avec une petite trace
d'impatience.

— Moi, c'est Joris, roi des canaux.
Alors, c'est quoi votre problème, Félix et Jo
les Québécois?

Ils n'ont guère le loisir d'expliquer leur
histoire, car dans une langue qu'ils ne
comprennent pas, le hollandais, la mère de
Joris s'adresse à lui. Elle aussi est intriguée
par ces deux jeunes voyageurs qui cherchent son fils. Comment le connaissent-ils?

Avec une certaine condescendance, Joris explique, tout en saluant son père qui vient d'apparaître sur le pont d'un autre bateau.

C'est très gentil tout ça, mais Félix ne comprend rien et c'est le bateau de Joris qui l'intéresse. Il n'attend même pas l'invitation du capitaine pour sauter sur le petit pont, aussitôt suivi de Jo. Félix est heureux comme un poisson dans l'eau, il adore l'aventure, surtout en bateau. C'est à peine s'il entend la fière présentation du propriétaire.

— Mon bateau se nomme le *Krackatoa*, mais moi, je l'appelle *Krackie*, explique Joris en passant une main caressante sur le garde-fou vert.

Félix a enfilé l'étroit passage et s'est laissé glisser dans la minuscule cabine: un petit grabat pour dormir, un coffre pour les aliments, un autre pour les quelques vêtements de Joris. Tout ça pour lui tout seul! Félix est émerveillé. Ses lunettes piquées sur le bout du nez, il sort la tête par une petite fenêtre sur le toit.

— Il te plaît mon bateau? demande Joris.

Félix ne trouve pas assez de mots pour le dire, mais Jo commence à se sentir un peu piquée par l'intérêt désordonné que les deux garçons manifestent à la minuscule embarcation! Enfin, Joris se décide et met le moteur en marche. Avec une grande dextérité, sous les yeux ébahis de son admirateur, il dirige son petit bateau le long du canal, en se faufilant parmi les grosses barges et les rapides bateaux-taxis. Tuc, tuc, tuc, ce n'est sûrement pas *Krackie* qui pourrait gagner une course, mais ça n'a pas du tout l'air de le préoccuper.

Jo s'est mise en frais d'expliquer le but du voyage: ils doivent retrouver, quelque part à Amsterdam, un certain docteur Winkler. Pas une mince affaire!... Mais Joris n'a pas l'air impressionné le moins du monde. Imperturbable, il déclare:

— Ton docteur peut toujours attendre, on va d'abord déjeuner, moi j'ai faim.

Jo n'a manifestement pas le choix, c'est Joris qui conduit le bateau. Elle lui lance un regard de biais, agacée mais intriguée aussi par l'assurance tranquille du garçon.

Joris vient de coller *Krackie* le long d'un restaurant en bordure du canal. De la fenêtre surmontée d'un auvent à rayures multicolores, une main se tend vers lui: Joris attrape une large pizza! Jo en reste la bouche ouverte. Pas très hollandais comme déjeuner et plutôt loin des fumantes pizzas de grand-mère! Il faut dire que les mains barbouillées de Joris ne lui inspirent pas une grande confiance non plus, mais que faire? Même Félix a l'air sceptique, mais ni l'un ni l'autre n'ont le temps de protester, Joris crie:

— Baissez-vous!

D'instinct, Félix et Jo suivent le geste de Joris et s'écrasent sur le pont. Ils ont tout juste le temps d'apercevoir un puissant bateau, bleu sombre, vitres teintées qui leur dissimulent les occupants. Le vrombissement du puissant moteur a couvert tous les autres bruits du canal pour un moment. Seules les vagues qu'il a laissées derrière lui secouent encore le petit bateau de Joris. Mais leur nouvel ami ne daigne pas leur fournir d'explication. Aussitôt le menaçant bateau disparu, il reprend son volant, plus stoïque que jamais...

Le Facteur Roulin

Jo commence décidément à en avoir assez des histoires de bateaux des garçons. C'est bien amusant de naviguer sur les canaux d'Amsterdam, de trafiquer les virages et de glisser sous les petits ponts, mais ce n'est pas le but de son voyage. Elle s'adresse à Joris un peu brusquement:

— Tu nous promènes toute la journée ou tu m'aides à retrouver mon dessin?

Joris est offusqué:

— Si mon bateau ne te plaît pas, tu peux toujours descendre.

L'espace d'un instant, Jo panique, mais Joris n'était pas sérieux. Il éclate d'un grand rire.

— En fait, ça m'arrange plutôt votre petite enquête, les Québécois. Je suis moi-même à la recherche d'un tableau de Van Gogh qui a été volé sur un train qui l'amenait du musée de Prague à Amsterdam.

Jo s'étouffe avec une bouchée de pizza.

Joris a tiré de sa poche une découpure de journal et montre à Jo la photo de la peinture; c'est un homme à casquette bleue qui a de petits yeux en amande et une grosse barbe frisée. Jo le reconnaît aussitôt.

— Le Facteur Roulin!... Tu crois que tu peux retrouver le tableau ici?

— Je l'espère bien, la récompense est grosse.

Il ne doute décidément de rien, ce garçon! Jo est sur le point de passer un commentaire moqueur, mais elle le retient juste à temps; après tout, c'est elle qui a besoin de ses services et ce Joris a l'air plutôt imprévisible, bien qu'elle le trouve assez sympathique, elle doit bien l'admettre.

Jo n'est pas la seule à Amsterdam qui ait besoin d'aide. Tom Mainfield pourrait lui aussi utiliser les services d'un détective local! Il court dans toutes les directions depuis qu'il a déposé les enfants en sécurité sur le bateau-tourisme, du moins, c'est ce qu'il croit. Dans toutes les directions, mais pour revenir un peu trop souvent à son point de départ! Jusqu'à maintenant, son enquête n'avance pas vite. Il a déjà essuyé un échec à la galerie d'art, puis un second échec dans ses tentatives pour retracer le riche Japonais, monsieur Hirodake... Ça commence mal. De sa cabine téléphonique, il a appelé tous les hôtels de la ville. Peine perdue.

Tom a au moins compris une chose: ce n'est pas le téléphone qui va le mener très loin, il a besoin d'un moyen de locomotion et ça ne peut être que le bateau ou la bicyclette. Or le choix est facile, Tom ne sait pas conduire un bateau!

Il vient donc de louer une rutilante bicyclette vert électrique. Sans doute qu'une carte de la ville pourrait aussi lui être utile, parce que les passants à qui il demande des renseignements n'ont pas l'air de très bien comprendre ce qu'il veut. Pas étonnant, il cherche une aiguille dans une botte de foin! Pourtant, la chance n'a pas tout à fait abandonné Tom. Il a eu la lumineuse idée de chercher l'adresse d'affaires de monsieur Hirodake à Amsterdam, et il a finalement trouvé. Il s'agit maintenant de s'y rendre. Le problème est que peu importe la direction qu'on lui indique, il se retrouve toujours sur un quelconque pont, en train de traverser un canal. Enfin, de loin il repère le logo d'affaires de la compagnie de monsieur Hirodake sur un bel immeuble: c'est là!

Même qu'à la porte, il y a une longue limousine blanche qui semble attendre quelqu'un. Pas pour longtemps d'ailleurs, car un homme fort élégant sort à l'instant de l'immeuble. Un Japonais!

Tom a malheureusement quelques bons tours de roues à donner à sa bicyclette avant d'arriver. Le monsieur japonais n'est pas seul, un imposant garde du corps l'accompagne. Musclé comme il est, il pourrait écraser Tom du bout de son petit doigt. Qu'à cela ne tienne, Tom pédale. Le moteur de la voiture est déjà en marche et Tom voit les deux hommes monter dans la limousine qui démarre. Mais coup de chance, il arrive juste à temps pour frapper violemment l'aile arrière. La voiture s'est immobilisée, mais aucun signe de vie ne lui parvient du sombre intérieur. Ce n'est pas son coup de poing, comme il le croit, qui a fait arrêter la voiture, mais tout simplement un camion qui bloque la rue. Confiant, Tom descend de sa bicyclette et s'avance vers la portière juste au moment où la voiture redémarre. Non, il ne va pas rater une aussi belle occasion! Il frappe de plus belle sur la portière arrière. Nouvel arrêt. Cette fois, la vitre descend d'une ligne.

— Monsieur Hirodake, crie Tom, je peux vous parler un instant?

À sa grande surprise, la portière s'ouvre et Tom est engouffré à l'intérieur sans trop savoir ce qui s'est passé. Il n'a pas le temps de penser non plus, c'est son unique chance.

Est-ce le fait d'entendre ce jeune blanc-bec prononcer son nom qui a intrigué monsieur Hirodake? Comment savoir? Mais Tom ne risque surtout pas la question. À toute vitesse, il essaie de transmettre son message le plus subtilement possible.

— Monsieur Hirodake est un homme bien connu, dit-il en saluant très bas. Il est aussi un fin connaisseur en peinture et je sais qu'il apprécie Van Gogh...

Seulement, monsieur Hirodake ne parle que japonais. Il sourit poliment pendant que son garde du corps traduit. Tom continue.

— Je sais aussi que Monsieur vient d'acheter un dessin...

C'est le garde du corps qui répond.

— Un dessin que Van Gogh a fait lorsqu'il était un tout jeune garçon...

Tom hésite. Le moment crucial est arrivé. Comment annoncer la mauvaise nouvelle au fin connaisseur japonais?

— Et si ce n'était pas un jeune garçon, mais... une jeune fille?

En face de lui, le visage du colosse a perdu son sourire. Les mots sortent de la bouche de Tom comme l'eau d'un robinet, il n'y a plus une seconde à perdre.

— J'en ai la preuve. Le dessin n'est pas de Van Gogh, mais d'une petite Québécoise de 13 ans.

Le silence pèse lourd sur les épaules de Tom qui se renfonce dans un coin de la banquette.

— Je ne pense pas que je veux traduire ça à mon patron, jeune homme.

Le gros garde du corps a les sourcils tricotés en accents circonflexes. Il secoue la tête, mais Tom est si près du but, il ne va pas abandonner maintenant. Il reprend courage.

— C'est à moi de décider, monsieur. Traduisez!

L'homme hausse les épaules. Tant pis!

Tom ne comprit pas très bien comment il s'était retrouvé sur le trottoir. Lorsque ses oreilles eurent fini de bourdonner, la limousine blanche avait disparu.

Le cimetière de bateaux

Au grand soulagement de Jo, Joris s'est enfin mis au travail. Qui plus est, il a l'air de parfaitement savoir où il va. Il navigue sur les eaux des canaux en droite ligne vers un but précis. Ce qui étonne Jo, c'est la destination. En effet, Joris a viré d'un canal à l'autre pour finalement aboutir à un étrange endroit, un immense canal qui semble aboutir à la mer.

La grisaille du ciel qui a remplacé le soleil rend les lieux plus mornes encore. À fleur d'eau, de chaque côté du canal, des squelettes de bateaux pointent leur ferraille rouillée. Des morceaux de mâts, de vieilles planches de ponts jadis brillamment colorées finissent de pourrir dans la vase des rives. Jo frissonne et même Félix

125

s'efforce de camoufler son air inquiet. Si Joris voulait les impressionner, il a réussi. Il conduit prudemment son petit bateau, attentif à éviter les écueils cachés sous la surface de l'eau noire. A-t-il senti l'angoisse de ses amis? Il explique:

— C'est un cimetière pour les vieilles carcasses de bateaux.

Juste à ce moment-là, le moteur de *Krackie* se met à tousser comme s'il craignait que son dernier moment soit arrivé. Même le petit bateau ne semble pas beaucoup apprécier l'endroit! Une lueur d'inquiétude passe sur le visage de Joris. Il éteint le moteur, le rallume, l'éteint de nouveau.

— Qu'est-ce qui se passe? demande Jo.

— *Krackie* n'aime pas venir ici, dit Joris en cajolant son bateau de la paume de sa main comme pour le rassurer.

De nouveau, il démarre le moteur en marmonnant.

— Allez, allez, *Krackie*, tu n'as rien à craindre, vas-y!

Comme pour répondre à son maître, le ronron du moteur se régularise. Jo pousse un soupir de soulagement, mais justement, elle voudrait bien savoir:

— Dis donc, Joris, pourquoi on est ici, au juste?

Du bout de son index sale, le garçon

pointe une suite d'étranges radeaux amarrés à la rive dans une mare de roseaux. Autour des mâts sont enroulés des objets hétéroclites, du genre que des pirates auraient pu glaner au cours de leurs voyages.

— C'est là qu'habite Victor, le gardien du cimetière.

Ni Jo ni Félix ne voient où Joris veut en venir. Ils se regardent, éberlués.

— Pourquoi ce Victor? demande Jo.

— Parce que j'ai l'impression que le bonhomme à l'oie de ton histoire, c'est Victor. Ça ne coûte rien d'aller lui demander...

À mesure qu'ils approchent des radeaux, des caquètements d'oies se font effectivement de plus en plus perceptibles. Mais plus encore que les oies, c'est l'apparence de l'habitation de Victor qui intrigue Jo. Elle est plus lugubre encore que les squelettes de bateaux. On dirait qu'il a ramassé toutes les vieilleries jetées dans les canaux de la ville et qu'il s'en est fait une demeure. Pas très gai, le gardien du cimetière!

La troupe d'oies est maintenant clairement visible dans la grande cage en filet. Leurs longs cous tirés, elles hurlent comme si on leur arrachait les plumes du dos. Elles ont l'air féroces, exactement comme sur le dessin de Jo.

Joris a à peine attaché *Krackie* à l'un des radeaux que Félix s'apprête à sauter.

— Attends, intervient Joris, laisse-moi y aller d'abord, Victor n'est pas toujours commode.

C'est d'ailleurs étonnant que Victor ne soit pas encore sorti de son repère; les oies ont pourtant annoncé les visiteurs en fanfare! Suivi de ses amis, Joris se fraye un chemin à travers les vieilles voiles, les cordages, les ancres cassées, mais il ne trouve pas âme qui vive. Vaguement surpris, il saute sur le deuxième radeau et commence à l'explorer. Tout au fond, il voit un ramassis de toiles et de plastique qui ont l'air de former une tente. Joris s'approche et soulève un bout de toile orange qui pourrait bien servir de porte.

À l'intérieur, il fait sombre comme chez le loup. Les enfants arrivent à peine à distinguer une forme allongée sur un hamac et couverte de bouts de couvertures piquées, aux couleurs défraîchies. Un visage sort peu à peu de l'ombre, rouge, en sueur. Joris se précipite près du lit de fortune.

— Victor, qu'est-ce qui se passe?

— Rien, répond une voix au souffle court, c'est une vieille fièvre qui me revient de temps en temps.

— Je vais chercher le docteur!

— Non, proteste la voix, demain, ce sera passé... Et toi, qu'est-ce que tu viens faire ici?

— Heu... c'est Jo et Félix, mes amis québécois. Ils veulent te poser une question.

— Dis donc, Joris, tu en as de la chance d'avoir des amis dans tous les pays du monde.

Jo a tiré de son sac la photo du magazine et l'approche du nez de Victor.

— C'est vous?

Le vieil homme jette un rapide coup d'œil embué.

— Non, ce n'est pas moi.

Intrigué, son regard revient vers la photo. Il l'examine.

— Je pense que je sais...

— C'est qui? intervient Félix.

— Il s'appelle Hank...

La tête du vieux est retombée sur l'oreiller. Ses yeux sont fermés et son souffle est coupé de petits râlements. Joris insiste.

— Victor, fais un effort. Où est-ce qu'on peut le trouver?

— Essayez le bateau qui ne flotte pas...

Joris et ses amis sont atterrés. Le cimetière en est plein! Le vieil homme sourit:

— Pas le bateau coulé, le bateau qui ne flotte pas!...

Il n'y a plus un mot à tirer du bonhomme. Il a fermé les yeux et s'est endormi. Joris réfléchit un instant, puis soudain son visage s'éclaire.

— Suivez-moi! dit-il en tournant les talons.

Félix et Jo ne sont pas fâchés de retrouver *Krackie*. La nuit est presque tombée maintenant et Joris navigue lentement, avec prudence.

* * *

À l'autre bout de la ville, quelqu'un d'autre est non seulement bredouille mais

130

presque effrayé de retourner à son hôtel. Tom a les nerfs en boule. Déjà, il ne sait pas très bien ce qu'il va raconter aux enfants qui l'attendent sans doute impatiemment, mais en plus, il est persuadé que Jo lui prépare une belle colère. Décidément, la première journée de sa mission n'est pas particulièrement réussie. Tom voit les gros titres qu'il imagine en première page du journal se rapetisser d'heure en heure...

Le bateau qui ne flotte pas

Tom? Inutile de dire que Jo et Félix n'y ont pas songé une seconde. Avec Joris, ils se dirigent vers l'île Princen, un chantier où l'on répare les bateaux. Il fait nuit maintenant et les lumières blafardes du chantier sont encore plus lugubres que le cimetière du Père Victor. Le *Krackie* va directement vers ce qui semble un gros mur rouillé tout droit sorti du canal. Même Joris n'ose pas briser le silence des lieux. Il chuchote:

— Il y a quelques années, les pluies ont été torrentielles. Évidemment, tous les bateaux suivaient le niveau de l'eau, sauf celui-ci. Il n'a pas coulé car il serait rempli d'eau. Non, il a simplement refusé de flotter comme les autres... On dirait qu'il est attaché au fond du canal.

Le moteur du *Krackie* s'est tu. Il dérive le long de la paroi noire. Félix s'est précipité pour amortir le choc sur le mur de métal qu'il repousse à bout de bras.

Jo est étrangement silencieuse et inactive. Depuis un bon moment déjà, ses pensées voguent au gré des vagues. Elle rêve de peinture, de Van Gogh, d'avenir, d'amour? Bien malin qui saurait le dire! Mais voilà tout à coup qu'elle s'active. Sa grande aventure est là, à portée de la main, et elle rêve? Elle scrute l'eau noire où danse un étrange rayon de lumière qui semble provenir du fond du canal. Impossible! Elle pousse Joris du coude.

— Tu vois ce que je vois?

Joris retient une exclamation.

— Bien sûr, il y a de la lumière là-dessous.

Félix sent des picotements lui parcourir la peau. Il a la chair de poule... ou d'oie peut-être! Il se rapproche de Joris.

— Qu'est-ce que ça veut dire, tu crois?

Pour un peu, Félix verrait des fantômes.

— Ça veut dire qu'il y a des cabines secrètes au fond du bateau, répond Joris, plein de bon sens. Allons voir.

Aller voir? Félix frissonne. Là, vraiment, Joris exagère, et d'ailleurs, Félix vient subitement de se rappeler que Tom les attend à l'hôtel depuis dix-huit heures. Il est vingt heures!

Malgré son petit sourire moqueur, Jo doit avouer qu'elle ne se sent pas très rassurée, elle non plus. Tout au fond de son cœur, elle est même reconnaissante que Félix insiste.

— Il faut absolument rentrer. Tom s'inquiète sûrement, il a peut-être déjà appelé la police...

Jo n'oserait jamais avouer ses craintes devant Joris, il est tellement brave. Elle se contente de ne pas protester et de retenir un léger soupir de soulagement lorsque Joris remet le moteur en marche. D'ailleurs, elle ne le quitte pas d'une ligne. Pour se rassurer ou parce qu'elle le trouve plutôt sympathique?

Assis à l'arrière du bateau, Félix décide que la deuxième raison est la bonne et il ne se sent pas très bien. Tout à coup, il a l'air de quoi? D'un peureux petit garçon? Humilié, Félix? Ou un peu jaloux? Après tout, c'est lui l'ami de Jo, pas Joris...

En tout cas, il n'est pas fâché d'arriver enfin à l'hôtel où Tom les attend à la salle à manger. Il est en effet dans tous ses états. Il est blême de peur, de colère et de frustration. Il en fait tout un chaperon! Si les parents de Jo savaient!

— Où étiez-vous passés, vous deux? J'étais malade d'inquiétude.

Dans une belle tentative de redorer son

image auprès de Jo, Félix se lance dans une vive description de leur journée.

— On a découvert des choses extraordinaires, Tom. Entre autres un mystérieux bateau...

Oups! Sous la table, il reçoit un solide coup de pied sur le tibia! Jo lui coupe la parole.

— ... que n'importe qui peut louer pour pas cher.

Tom est trop déprimé pour noter l'incident. Il va même jusqu'à leur raconter ses propres malheurs. Non seulement il n'a découvert aucune trace de Winkler, mais il a rencontré des Japonais qui ne veulent pas du tout entendre parler de tableaux... surtout pas ceux de Van Gogh! Tom est tellement épuisé qu'il n'a même pas faim. Il s'excuse de ne pas les accompagner jusqu'à la fin du repas.

— À demain, les enfants!

Il a disparu. Le silence tombe, lourd comme une porte de métal, entre Jo et Félix. Ils ont le nez piqué dans leur assiette. Félix risque un œil après un long moment.

— Tu ne trouves pas que tu exagères? Tu ne connais même pas ce Joris et tu le regardes comme s'il t'avait sauvée du déluge!

Félix a retrouvé son sens théâtral.

— Tu as oublié la raison de ta présence

ici? As-tu au moins fait un seul dessin depuis ton arrivée? Non, pas un! Et Vincent? Tu l'as oublié lui aussi?

C'est vrai, quel bon allié que Van Gogh! Au moins, il est mort depuis cent ans, alors que Joris, lui, est bien vivant. Félix retrouve son assurance pendant que Jo baisse la tête. Comment pourrait-elle nier l'évidence? Elle fixe la flamme des petites chandelles qui vacille sous son souffle. Une image l'envahit: celle de Van Gogh qui plantait des chandelles dans le ruban de son chapeau de paille pour éclairer les tableaux qu'il peignait la nuit, au bord d'une sombre rivière...

Félix regarde rêver Jo en face de lui. Son esprit s'est envolé. Pauvre Félix, qui croyait lui rappeler sa présence...

Retour au bateau-mystère

C'est une odeur, un parfum qui réveille Jo le lendemain matin. Encore embrouillée dans ses rêves, elle ouvre un œil et, littéralement, elle a l'impression de se trouver sur une autre planète. Que fait-elle donc dans cette chambre qui lui est étrangère? Les bruits diffus qui lui parviennent par la fenêtre ouverte la ramènent à la réalité. Oui, c'est vrai, Amsterdam! Jo saute de son lit et court à la fenêtre. Elle hume à pleins poumons. Pour la première fois, elle découvre que chaque ville, comme chaque être humain, dégage une odeur qui lui est tout à fait particulière, qui n'appartient qu'à elle.

Vite, il faut réveiller Félix et retrouver Joris. Mais Félix est déjà en train d'avaler son petit déjeuner, il est affamé. Jo le presse. Un petit mot rassurant pour Tom et les voilà en route pour la tour près de laquelle est amarré le bateau de Joris. Hélas, rien ne bouge chez lui. Tout dort encore, semble-t-il, même les pigeons. Jo appelle, Félix lance un caillou sur le pont du bateau. Rien. Plus ou moins résignés, Félix et Jo s'installent sur un vieux banc de pierre pour attendre. La ville, elle, a commencé à vivre. Des centaines de bicyclettes défilent dans les rues qui bordent le canal. Peu de voitures, des barges qui glissent lourdement sur l'eau, des odeurs de café, de croissants chauds qui s'échappent des fenêtres. Des odeurs, pense Jo, et des bruits et des couleurs, comme nulle part ailleurs. Des couleurs? Et si elle allait visiter le musée Van Gogh? Non, ce n'est pas le moment, Joris va sûrement apparaître d'un instant à l'autre. Mais c'est sa mère qui sort sur le pont du bateau familial en s'étirant, quelque peu surprise de les trouver déjà là, tous les deux. Jo s'apprête à lui demander où est Joris, mais elle n'a pas le temps. Voilà la tête blonde, ou plutôt le nez taché d'huile à moteur, qui sort de son refuge.

— Salut, les Québécois! À nous trois, île Princen!

Cette remarque de Joris est aussitôt accueillie par un flot de paroles de sa mère, en hollandais bien sûr, et dont le sens échappe totalement à Félix et Jo. Sauf que le visage de la mère en dit long. Elle n'a pas du tout l'air d'accord. Joris se contente de hausser les épaules et met son moteur en marche pendant que ses amis sautent sur le petit pont. Silencieux, un peu inquiets, ils attendent l'explication que Joris ne semble pas pressé de fournir. Elle vient pourtant alors que le bateau a mis le cap sur l'île mystère.

— Ma mère trouve que ce n'est pas une bonne idée...

— Pourquoi? demande Jo.

— Oh, disons qu'elle a des appréhensions... Elle n'aime pas beaucoup ce bateau.

Félix non plus, d'ailleurs. Il s'exclame:

— Quelles sortes d'appréhensions?

Joris lui décoche un regard moqueur. Pour impressionner Jo?

— Ma mère? Elle est un peu magicienne et elle a des vibrations comme ça. Ses vibrations sont mauvaises avec ce bateau, c'est tout.

Les paroles de Joris flottent dans l'air humide et forment des petites bulles d'angoisse dans le cœur de Félix. Jo sourit.

— Et toi? Tu ne crains pas ce bateau?

Joris grimace et secoue la tête, l'air dégagé.

— Évidemment pas. Je lui ai dit de ne pas s'inquiéter.

Félix insiste.

— Peut-être qu'on devrait s'inquiéter, au contraire.

Joris savoure pleinement son sentiment de supériorité. Il rigole.

— Pas du tout. D'ailleurs, ses intuitions ne sont pas toujours justes, ça lui arrive de se tromper. Cesse de t'en faire!

Le petit bateau de Joris suit maintenant les vastes terrains du chantier naval où l'on mène les bateaux pour leur refaire une beauté. Juchés sur des échafaudages de bois, leurs quilles enserrées dans des étaux qui ont l'air de mains géantes qui les portent en suspens dans l'air, les bateaux de toutes formes, de toutes couleurs, ressemblent à de gros pantins que plus une seule ficelle n'articule. Plantés sur terre, les bateaux perdent leur grâce, leur élégance, leur souplesse qui leur fait suivre la vague.

Fasciné par le spectacle, Félix ne s'est pas rendu compte qu'ils longeaient le vieux bateau rouillé. À la lumière du jour, il paraît moins menaçant, d'autant plus que la poupe disparaît presque entièrement sous les herbes marines qui s'accrochent à ses flancs et en adoucissent les contours.

Joris a solidement attaché son embarcation à un gros clou et se glisse silencieusement à bord du monstre. Suivi de ses amis, il se dirige vers la cabine du pilote, jusqu'à la porte coulissante. Félix a de nouveau les jambes en chiffon, elles refusent d'avancer.

— Joris, murmure-t-il, c'est une propriété privée, nous n'avons pas le droit d'être ici.

Joris est excédé. Il répond brusquement:

— Écoute, qui ne risque rien n'a rien!

Jo refoule ses propres craintes qu'elle ne peut tout de même pas avouer devant Joris! Elle rabroue Félix à son tour.

— Il a raison, arrête de pleurnicher.

Félix rougit comme une pivoine. Jo se sent-elle un peu coupable ou est-ce sa propre peur cachée qui se manifeste? Toujours est-il qu'elle sent soudain une urgente envie.

— Il doit bien y avoir un petit coin pour faire pipi, ici? demande-t-elle tout bas à Joris.

Il fait signe que non. Il faut attendre. Joris a l'habitude d'être le capitaine du navire, aussi n'a-t-il aucun problème à jouer le rôle du chef. C'est lui qui dirige les opérations. Il a poussé sur la porte d'une main sûre, mais elle résiste, manifestement fermée à clé. Une ombre de frustration passe sur son visage... et de soulagement sur celui de Félix, mais pas pour long-temps. Joris chuchote:

— Les capitaines cachent généralement leur clé...

Ce disant, il glisse les doigts sur les rebords du toit de la cabine jusqu'à ce que:

— La voilà, dit-il en tirant une grosse clé empoussiérée qu'il introduit aussitôt dans la serrure.

Jo est plus que sceptique.

— La cabine ne cache sûrement pas de bien gros secrets si la clé est si facile à trouver.

— Rien à voir, prononce Joris, c'est seulement que cette clé a été oubliée et qu'il y a une autre entrée...

Comme pour lui donner raison, la clé glisse en grinçant. Ils entrent tous les trois sur la pointe des pieds. La grande roue du capitaine est là sous les couches de pous-sière que les années d'immobilité ont accu-mulées. Joris examine la pièce du regard et découvre aussitôt un étroit escalier qui s'enfonce dans le ventre du bateau. Il s'y dirige d'un pas décidé.

Au premier abord, le silence et les objets hétéroclites bien empoussiérés semblent en effet indiquer que le bateau est inhabité, ce qui est très rassurant, même pour Joris qui joue le brave. Prudemment, l'un après l'autre, ils descendent les marches raides et se retrouvent dans une pièce assez grande où la lumière filtre à peine à travers les vitres sales des hublots. Félix allait pousser un soupir de soulagement et Jo se mettre à la recherche d'une toilette, mais surprise, ils aperçoivent en même temps des restes de nourriture sur la petite table carrée qui trône au centre de la pièce. Il y a donc quelqu'un! Leurs cœurs battent la chamade.

Seul Joris a osé s'approcher de la table. Un sourire se dessine sur ses lèvres, l'air de dire «Vous voyez bien? Pas si dangereux.» D'un large geste, il montre les épaisses toiles d'araignées qui recouvrent les miettes de pain rassis et les morceaux de jambon verdâtres. Donc, personne à bord. Pour l'instant...

Félix n'est toujours pas convaincu. Timidement, il suggère:

— On devrait suivre les conseils de ta mère. Ce n'est certainement pas un endroit sûr...

Joris ne se donne même pas la peine de répondre, il inspecte minutieusement les lieux. Soudain, dans un coin d'une petite pièce attenante, Félix aperçoit un objet blanchâtre dont il croit reconnaître la forme: une toilette! Au moins, il n'aura pas été complètement inutile et c'est l'occasion rêvée de rappeler sa présence.

— Eh, Jo, là-bas, exactement ce que tu cherches!

Quel soulagement! Jo se précipite vers le petit coin pendant que les garçons s'éloignent discrètement. Ils n'ont pas fait cinq pas qu'une exclamation étouffée de Jo les ramène aussitôt. Son envie a l'air complètement disparue! Elle montre du doigt un filet de lumière qui filtre de la toilette. L'objet est bien réel, mais ne contient pas une goutte d'eau. Le fond est un poste d'observation déguisé qui donne sur une pièce à l'étage inférieur.

Joris pousse une exclamation. Il vient d'avoir une inspiration. Il s'écrase au sol et, de ses pieds, pousse doucement sur le bol de toilette qui, petit à petit, quitte son lieu d'origine et glisse vers l'arrière pour révéler un étroit passage. Les trois têtes couvrent aussitôt l'ouverture, les trois bouches s'ouvrent en même temps, les trois regards se croisent au même moment...

La prison sous-marine

Tout juste en dessous de la toilette, un homme dort recroquevillé sur un lit circulaire. Félix ne peut retenir une exclamation.

— Heureusement que tu as regardé avant... dit-il à Jo.

Petits rires étouffés. Soudain, c'est au tour de Joris, qui n'a pas cessé d'observer le dormeur, d'exprimer sa surprise.

— Eh, je connais cet homme-là, c'est Willum! Qui vient avec moi?

Jo ne peut retenir un regard effaré vers Félix. Descendre dans cette souricière? C'est plus que de l'audace, c'est pratiquement de la folie. Mais il est trop tard pour reculer, Joris se laisse déjà glisser dans l'étroit passage et atterrit, plutôt lourdement, à côté du dormeur. Aucune réaction.

Jo reprend courage et plonge à son tour, pendant que Félix observe prudemment la scène. Il note que l'homme endormi porte une salopette tachée de peinture. Mais n'est-il vraiment qu'endormi?

La longue pièce que Joris et Jo explorent est totalement submergée. La coque s'arrondit doucement au niveau du sol et dans la pénombre, Jo remarque tout de suite que la salle est aménagée en studio de peinture. Le sol est jonché de toiles, de tubes de peinture à moitié vidés, de pinceaux salis. Des restes de nourriture, fraîche cette fois, traînent dans la cabine. Il est évident que quelqu'un habite ici depuis un bon moment. Jo regarde l'homme qui n'a toujours pas bougé d'un poil. Il a l'air gentil. Cheveux noirs, fossettes au creux des joues, menton pas rasé, il est manifestement exténué.

— Qu'est-ce qu'il peut bien fabriquer ici? chuchote-t-elle à Joris.

Joris ne répond pas. Il s'est avancé vers la proue du bateau et examine les recoins attentivement, comme le ferait tout bon détective. Soudain, il chuchote:

— Bien sûr, je sais ce qu'il fait... Il est en train de copier ce tableau!

Un tableau? Jo accourt aussitôt et aperçoit avec stupéfaction la toile de Van Gogh dressée sur un chevalet. C'est Le Facteur

Roulin volé sur le train de Prague! De chaque côté, on a placé deux toiles de grandeur identique, toutes deux en train de devenir des copies de l'original.

— Incroyable, c'est le tableau volé! Tu l'as trouvé, Joris.

Joris la corrige avec modestie.

— Nous l'avons trouvé. Si ce n'avait été de toi et de ton homme aux oies, je n'aurais jamais parlé à Victor et je n'aurais jamais découvert le tableau.

Pour l'heure, Jo n'est par très préoccupée par son rôle dans l'affaire, c'est l'homme endormi qui l'intéresse.

— Tu crois qu'il est le voleur? demande-t-elle en montrant Willum.

Joris secoue énergiquement la tête.

— Impossible! Quelque chose me dit qu'il est emprisonné ici. Quelqu'un le force à faire des copies.

Du haut de son poste d'observation, Félix commence à sentir qu'il manque quelque chose. Puisque nul monstre ne s'est manifesté et que l'homme dort toujours, pourquoi ne pas descendre aussi? Il saute pratiquement sur le dos du dormeur qui marmonne des paroles inintelligibles.

Joris ne s'est même pas retourné à l'apparition soudaine de Félix, il cherche une issue au fond du bateau par où il pourrait sortir les tableaux. Bien évidemment, ils ne passeront pas par l'ouverture de la toilette!

Pour sa part, Jo a oublié où elle est et pourquoi! Là, à la portée de sa main, un tableau de Van Gogh, un vrai qu'elle peut toucher, sentir du bout de ses doigts, peut-être pour la seule et unique fois de sa vie. Elle non plus n'a pas réagi à l'intrusion de Félix. Elle caresse de son doigt, avec délicatesse, lentement, d'abord le contour du tableau, puis la surface rugueuse des couleurs appliquées sur la toile depuis plus de cent ans. Elle vibre d'émotions, seule avec elle-même, perdue dans son rêve.

Pendant ce temps, le pragmatique Joris poursuit ses recherches et il trouve. Au fond de la cale du bateau, l'embouchure d'un tunnel mène directement à la terre ferme, sans doute dans le sous-sol d'une maison. Pas étonnant que le bateau ne flotte pas.

Immobile, un peu perdu, Félix est resté près du lit. Aussi est-il le premier à voir le dormeur bouger et à l'entendre parler dans son sommeil. Il tend l'oreille. L'homme marmonne quelque chose en hollandais. Joris accourt aussitôt.

— Il dit qu'il ne pourra jamais finir les toiles ce soir, explique Joris.

La sueur perle au front de l'homme

endormi. Il hurle: «Non, ne me cassez pas les jambes!» La peur a totalement regagné Félix: lui aussi sue à grosses gouttes.

Soudain, l'homme bondit, les yeux grands ouverts, l'air terrorisé...

Et Tom?

Eh oui, Tom, qui croyait maîtriser l'enquête et les grosses colonnes «à la une» du journal! Pauvre Tom, il dort encore... Mais quel réveil brutal! C'est un bris de vitre qui le sort de ses rêves: une pierre vient de traverser la fenêtre de sa chambre. Au même moment, quelqu'un frappe à sa porte. Pieds nus, secoué par l'irruption de la pierre, Tom se précipite à la porte comme un naufragé sur une bouée de secours. C'est le gérant de l'hôtel.

— Vous tombez bien. Quelqu'un vient de fracasser votre fenêtre!

Tom est étonné de constater que le gérant, lui, n'est pas surpris. Peut-être que ce genre de chose est normal à Amsterdam? Imperturbable, le gérant répond:

— Ne vous inquiétez pas, monsieur, la femme de chambre s'occupera de nettoyer.

Tom pousse un soupir de soulagement:

— Plutôt inattendu comme réveil!

Il se croit drôle, mais le gérant ne sourit même pas.

— Quand comptez-vous quitter l'hôtel, monsieur?

Tom est estomaqué.

— Quitter l'hôtel? Mais nous avons réservé pour une semaine...

— Désolé, cher monsieur, mais je ne crois pas. Vous devez libérer votre chambre dès demain matin...

Tom ne comprend pas très bien.

— Bon, je veux bien, mais alors donnez-m'en une autre.

Le visage du gérant reste impassible.

— Très désolé, mais nous n'avons plus une chambre de libre à l'hôtel.

Tom est paralysé de stupeur. Qu'est-ce qui se passe? Les chambres sont prépayées pour toute la semaine... Il se lance dans de longues protestations, mais le gérant est imperturbable.

— Très, très désolé, monsieur, mais vous n'avez payé que deux soirs selon nos dossiers.

Tom est perdu, dévasté, furieux. Il bondit sur le gérant qui n'a pas bougé d'un pas.

— Vous êtes un parfait idiot! Nous sommes ici pour une semaine et...

Ouch! Tom vient de s'enfoncer un morceau de verre dans le gros orteil droit. Le sol rougit sous son pied. Il s'écrase sur son lit et tente de retirer l'éclat bien enfoncé dans sa peau. Il grimace.

— De toutes façons, poursuit le gérant sans prêter attention aux efforts douloureux de Tom, vous ne pouvez pas être à deux endroits en même temps. Vos billets d'avion indiquent que vous et les enfants arrivez à Montréal ce soir, donc...

À ce moment précis, une femme de chambre arrive, armée d'un balai et d'un ramasse-poussière. Elle se penche, prend le caillou responsable des dégâts et le tend à Tom.

— C'est à vous, monsieur?

Une feuille de papier retenue par un élastique est enroulée autour du caillou. Tom déplie fébrilement le papier. Il lit: «Quittez la ville avant qu'il n'arrive un malheur à quelqu'un.» Une menace!

Les intrus ont disparu. Tom enfile son jean, dévale l'escalier en courant et récupère sa bicyclette. Il pédale furieusement vers l'agence de voyage pour corriger cette stupide méprise. Bien sûr qu'il ne quitte pas Amsterdam ce soir! Il vient d'emprunter une avenue lorsqu'il s'aperçoit soudain qu'il est suivi de près par une petite Peugeot rouge. Aussitôt, son instinct en éveil, il vire dans une étroite allée, mais hélas, la Peugeot tourne à son tour et le suit de plus en plus près. L'inquiétude et la peur commencent à pincer le cœur de Tom. Serait-ce le gros garde du corps de monsieur Hirodake qui veut lui faire un mauvais parti ou aurait-il offensé quelqu'un d'autre aussi? Tom accélère, il doit absolument se débarrasser de son poursuivant. Il se dirige vers un marché en plein air. Il file entre les pyramides de pommes, de poires et d'oranges, dispersant les clients surpris par l'apparition de ce fou à bicyclette. Un crissement de pneus derrière Tom l'avertit que la Peugeot a freiné, mais le vrombissement du moteur signale qu'il tourne toujours. Il quitte la place du marché et s'engage, toujours à la même vitesse folle, dans l'allée d'un parc. Là, au moins, la Peugeot ne peut pas le suivre... Peut-être, mais le chauffeur sait où l'attendre! Tom ne peut quand même pas tourner en rond dans le parc toute la journée. C'est les mollets endoloris et le cœur en bouillie que Tom emprunte une petite rue le long d'un canal. Enfin, la chance lui sourit. À quelques mètres devant lui, de gros pieux fichés dans l'asphalte bloquent la rue. Tout juste assez d'espace pour une bicyclette, mais une voiture ne passe pas. Tom échappe un cri de triomphe en entendant les pneus qui crissent sur le pavé. Le chauffeur a appliqué les freins.

Malheureusement, Tom pose précisément le geste qu'il n'aurait pas dû poser. Il se retourne pour tenter de voir le chauffeur au volant de la Peugeot. Fatale seconde de distraction. Lorsque sa tête revient à sa position normale, il constate avec épouvante qu'il se dirige tout droit sur la bicyclette encombrée de boîtes de victuailles d'un livreur. Une seule voie d'évitement: le canal!

Il pousse un hurlement à réveiller les morts et donne un brusque coup de guidon vers la droite. La bicyclette prend son envol vers l'eau noire, mais en se débarrassant allègrement de son passager en cours de route. Tom plonge, la tête la première.

Y a-t-il un ange gardien pour les innocents? Si oui, celui de Tom devait être à proximité parce que juste au moment où il allait toucher l'eau, il rebondit sur une grosse toile de caoutchouc orange. Étourdi, ahuri, il se retrouve étendu de tout son long au fond d'une embarcation qui est tirée par un câble vers un gros yacht bleu marine, d'allure fort menaçante. L'espace d'un instant, il se demande si l'ange en question n'aurait pas mieux fait de le laisser plonger au fond du canal. Au moins, Tom est bon nageur! Mais il n'a pas le choix. Il est saisi par un homme qui le cloue au sol du yacht bleu et il a juste le temps de voir la tête de celui qui conduit le bateau. Tom s'avise soudain qu'il l'a déjà vu quelque part... Mais oui, c'est l'homme chauve qui tenait la fameuse oie sur la photo du magazine!

Des jambes à protéger

Pendant ce temps, dans la cabine du bateau-mystère, Willum s'est péniblement remis sur ses pieds, finalement réveillé par ses importuns visiteurs. L'air hagard, il a aussitôt repris ses pinceaux. Il travaille fébrilement. Il ne s'étonne même pas de la présence de Joris qu'il connaît, en effet. Il est trop fatigué. Machinalement, il explique sa présence au fond de ce trou.

— Tu connais Fisher?

Joris fait signe que non.

— Mais oui, tu le connais, Joris. Il a un gros yacht, haute vitesse, bleu marine.

— Ah oui, je connais le bateau.

Le pinceau de Willum, trempé dans le noir, passe rapidement d'une toile à l'autre, reproduisant en même temps sur les deux tableaux les éléments de l'original de Van Gogh. Willum poursuit son histoire sans lever les yeux de ses toiles.

— Attention à cet homme-là, il est très dangereux. Tu vois, j'ai eu le malheur de lui emprunter de l'argent, beaucoup d'argent... il dit qu'il aide les artistes!

Willum ricane.

— Maintenant, il exige que je le rembourse, or je n'ai pas l'argent. Il m'a amené ici et si ce soir je n'ai pas terminé ces deux reproductions, il me lance dans le canal.

Jo n'en croit pas ses oreilles.

— Tu veux dire qu'il pourrait te tuer?

— Il n'irait pas jusque-là, avoue Willum, mais il pourrait au moins me casser les jambes. Ce qui ne me laisse pas le choix de toutes façons, je dois finir ces reproductions, comme tu vois.

Jo est profondément touchée. Non seulement il est gentil ce Willum, mais il a fort évidemment du talent. Depuis un bon moment, elle le regarde travailler et elle ne peut détacher ses yeux de la main qui pose habilement la peinture sur les tableaux.

— Vous êtes très doué, vous savez.

— Merci bien, mais ça ne m'avance pas beaucoup. Jamais je n'arriverai à terminer ces tableaux pour ce soir.

Jo hésite. Son petit dessin perd singulièrement de l'importance devant l'ampleur du crime dont elle est témoin: reproduire un tableau de Van Gogh! Mais que faire? Abandonner ce pauvre homme à son malheur alors qu'elle pourrait lui venir en aide? Elle offre timidement:

— Je peux peut-être vous aider.

Willum échappe un éclat de rire amer et se tourne vers Joris.

— Elle est folle, cette fille?

Félix est insulté. Il proteste avec véhémence.

— Elle peut très bien le faire, elle est excellente.

— Ouais, merci beaucoup mais je n'ai pas de temps à perdre. Ce n'est pas un jeu pour enfants.

Visiblement épuisé, Willum continue à étendre méticuleusement chaque tache de couleur.

Jo tergiverse avec elle-même, sans pouvoir se décider. Puis tout à coup, elle avance d'un pas, saisit un pinceau, le trempe dans la couleur et commence à dessiner les petits cercles noirs derrière la tête du Facteur.

— Peut-être que Vincent va m'aider, si ce qui arrive doit arriver...

La panique s'inscrit sur le visage de Willum. Il hurle:

— As-tu complètement perdu la raison?

Tout s'est déroulé si vite qu'il n'a pas

eu le temps de retenir la main de Jo et les petits cercles apparaissent sur la toile devant ses yeux ébahis. C'est qu'ils sont tout à fait pareils à ceux de Van Gogh! Jo a changé de pinceau et dépose maintenant les petits ronds blancs dans les cercles noirs. Elle travaille vite et bien. Willum se demande s'il rêve.

— Tu vois bien, dit fièrement Joris. On t'avait dit qu'elle était bonne!

Félix lui lance un regard noir. «On» t'avait dit?... Willum observe Jo un moment, incrédule. Il avale une grande lampée de café noir, puis marmonne:

— Bonne? Je dirais même excellente!

Puis, comme s'il venait d'avoir une subite inspiration, il s'exclame, enthousiaste:

— Absolument, jeune fille! On fait les tableaux ensemble?

Jo approuve en souriant, sans manquer un seul rond blanc. Côte à côte, d'un même geste, au même rythme, puisant dans les mêmes couleurs en même temps, Willum et Jo se sont mis au travail. Mais ce travail, qui jusqu'à ce moment-là avait été une corvée, une tâche et une épreuve insurmontables pour Willum, devient soudain avec Jo une partie de plaisir. Il est toujours tellement plus facile d'avoir quelqu'un avec qui partager les choses, qu'elles se nomment peines ou joies.

Les toiles avancent à une vitesse vertigineuse sous les yeux de Joris et Félix. Spectateurs inactifs par la force des choses, ils sont tout de même entraînés par le rire et le rythme endiablé des deux peintres. Les heures filent. Peut-être Vincent guide-t-il leurs mains, après tout?...

Une rencontre secrète

Pendant ce temps, Tom est toujours ballotté par la vague. Il ne sait surtout pas ce qui lui arrive lorsque les deux rudes gaillards le font prestement descendre du bateau et le mènent, bien malgré lui, dans une vaste pièce très élégamment meublée et ornée d'œuvres d'art. On le dirige vers un fauteuil installé en face d'un confortable canapé où un homme bien mis fume tranquillement son cigare en regardant venir Tom qui, lui, voudrait bien se voir ailleurs.

— Asseyez-vous, monsieur Mainfield.

Tom aurait évidemment intérêt à se taire, mais il est abasourdi de sa spectaculaire chute de bicyclette et il est furieux:

— Écoutez, monsieur, je ne sais absolument pas qui vous êtes, mais une chose est sûre! On n'a pas le droit de kidnapper les gens en plein canal.

L'homme tire une longue bouffée de son cigare et fait signe aux deux rustauds de quitter la pièce. Sa voix est calme et mesurée.

— Désolé, monsieur Mainfield, mais c'est ce qui arrive aux gens qui m'embêtent et vous m'embêtez terriblement.

Tom reprend lentement ses sens. Avait-il perdu l'esprit? C'est à grosses gouttes qu'il transpire maintenant, car il se rend évidemment compte que l'homme est dangereux. C'est sûrement lui qui a fait envoyer le petit message autour d'une pierre par la fenêtre de sa chambre. Et lui aussi qui l'a fait kidnapper. Travaille-t-il pour monsieur Hirodake?

— J'ai entendu dire que vous cherchiez un certain docteur Winkler, dit l'homme. De quoi a-t-il l'air?

Malgré la peur qui lui torture les entrailles, Tom décide de fanfaronner. Il essaie même de se rappeler comment Jo a décrit le fameux docteur Winkler.

— Évidemment que je le cherche. C'est un homme de haute taille, avec une petite barbe pointue. Il porte une casquette. Il ressemble un peu à... au docteur Gachet. Ça vous dit quelque chose, le docteur Gachet?

Un sourire moqueur plisse les lèvres de l'homme au cigare.

— Et qu'avez-vous à dire au docteur Winkler?

Tom a repris un peu d'assurance.

— Je le lui dirai de vive voix, si vous n'avez pas d'objection.

Le sourire de l'homme s'élargit sur son visage.

— Non, je ne crois pas, monsieur Mainfield. Vous voyez tout cet argent sur la table? dit-il en pointant du doigt une grosse liasse de billets.

Tom sursaute. Il doit y avoir des milliers de dollars dans ce paquet!

— Prenez cet argent et quittez Amsterdam. Ce sera beaucoup mieux pour vous et les enfants.

L'homme s'est levé et tapote légèrement l'épaule de Tom en riant.

— Autrement, je devrai vous confier aux bons soins du garde de monsieur Hirodake. Vous ne l'avez pas rendu très heureux avec votre idée qu'il a peut-être acheté un faux Van Gogh.

Pas une seconde l'homme n'a attendu la réponse de Tom, qui se retrouve aussitôt seul avec ses réflexions et... l'argent. Si Tom pouvait voir à travers les murs, il pourrait apercevoir son hôte qui soulève le rideau de la fenêtre dans la pièce à côté et regarde vers le bateau non flottant. Il n'aurait pas su pourquoi d'ailleurs, puisqu'il ne connaît ni le bateau-mystère ni le petit *Krackie* de Joris qui y est attaché.

De sa fenêtre, même l'homme ne peut imaginer ce qui est en train de s'y passer...

Une fête! Willum est si heureux qu'il danse dans la pièce en contournant les pinceaux et les pots de peinture.

— On a réussi, Jo! Tu es tout simplement extraordinaire!

Il attrape Jo par le cou et regarde les trois tableaux du Facteur. Ils se ressemblent tellement que même Van Gogh ne retrouverait pas le sien.

— Quand tu seras grande, je vais t'épouser.

Joris bondit:

— Absolument pas question! C'est moi qu'elle va épouser!

Félix est piqué à vif. Que Willum blague sur ce grave sujet, passe toujours, mais Joris? Il proteste:

— C'est ce que tu penses! Si Jo marie quelqu'un, ce sera moi, n'est-ce pas, Jo?

Jo rit, à la fois heureuse et embarrassée de sa soudaine popularité.

— En fait, je n'épouserai ni l'un ni l'autre. Il y a un seul homme au monde que je veux.

Trois voix demandent en même temps:

— Qui ça?

— Le docteur Winkler! dit Jo sérieusement.

— Bruno Winkler?

— Tu le veux? demande Félix.

— Oui, répond impassiblement Jo. Je le veux en prison!

Le bruit des pas de quelqu'un qui marche dans le tunnel interrompt soudain la conversation. Willum est en panique.

— Vite, cachez-vous! Ça doit être Fisher.

Se cacher? C'est bien joli, mais où dans cette cabine à peine meublée?

— Sous le lit, chuchote Willum.

Félix s'y faufile le premier, comme par hasard. Et c'est strictement par miracle qu'ils réussissent tous les trois à se faire assez petits pour que pas un pied ne dépasse. Il était temps. Tout ce que les enfants peuvent voir du visiteur, évidemment, c'est une paire de chaussures bien vernies. Pas un son dans la pièce, les cœurs battent à l'unisson sous le lit.

Le mystérieux Fisher est en train d'examiner les trois tableaux à la loupe et le temps s'étire comme un caramel. Enfin, sa voix grave déclare:

— Willum, je dois avouer que je suis très surpris...

Sous le lit, Jo a étouffé un cri de surprise. Cette voix? Elle la reconnaîtrait entre mille.

— Je n'aurais jamais cru que tu réussirais, dit l'homme.

— C'est Bruno Winkler! murmure Jo dans un souffle.

Murmure? Ce n'est pas l'avis de Joris qui serre aussitôt sa main sur la bouche de Jo.

Silence. L'homme fait un pas en direction du lit.

— Tu as entendu quelque chose, Willum?

Willum réagit comme une balle de tennis sur un mur. Il se précipite à quatre pattes sur le sol, tête sous le lit. Trois paires de yeux lui retournent son regard angoissé.

— C'est une souris, maître, explique Willum le plus calmement possible.

Fisher-Winkler semble accepter l'explication de Willum sans plus insister.

— Parfait, Willum. Maintenant, tu dois sécher ces tableaux dans le four à pizza.

Willum n'en croit pas ses oreilles. Des Van Gogh dans un four à pizza? Cet homme blague évidemment. Willum est sur le point d'éclater de rire, mais un coup d'œil au maître le convainc du contraire. Non seulement l'homme est sérieux, mais le sourire incrédule de Willum l'a mis en colère.

— Au four à pizza, j'ai dit. À chaleur douce évidemment, imbécile.

— Euh, douce, évidemment, bredouille Willum.

— Je veux ces tableaux demain soir, dit Winkler en claquant des doigts comme s'il donnait un ordre à son chien.

Docilement, Willum descend les tableaux des chevalets avec précaution et suit le «maître» vers le four à pizza. L'écho de leurs pas s'éloigne.

Trois têtes ébouriffées paraissent aussitôt. Les enfants sortent de leur cachette en rampant.

— Ouf, s'exclame Jo, quelle étrange façon de retrouver Winkler!

Personne ne saurait dire le contraire!

L'attaque surprise

Avec prudence, les enfants attendent que le silence soit totalement rétabli sur cet étrange bateau. Il s'agit maintenant de sortir de la cale le plus vite possible et encore une fois, c'est Joris qui prend la direction des opérations. Suivi de ses amis, il arrive sur le pont et court aussitôt au garde-fou. Il fait déjà presque nuit. S'il fallait que *Krackie* ne soit plus là! Mais non, il attend patiemment son capitaine en se faisant doucement bercer par la vague. Joris se laisse aussitôt glisser dans le petit bateau.

Sur le pont, Félix précède Jo.

— Il faut tout de suite aller à la police, dit-il.

Mais il n'a pas le temps de poursuivre son raisonnement, car quelqu'un vient de sortir de l'ombre et deux bras puissants attrapent Jo. Une main lui écrase la bouche. Il fait noir et Félix, qui était sur le point d'enjamber la rampe, n'a rien vu de ce qui se passe derrière lui, il a seulement perçu le cri étouffé de Jo. Il se retourne juste au moment où l'homme soulève Jo et s'apprête à fuir sur la passerelle.

Félix n'a pas le physique d'un valeureux guerrier. Aussi jette-t-il un regard désespéré vers Joris qui est en train de mettre son moteur en marche. Hélas, Félix se rend vite compte qu'il n'y a aucun secours possible de ce côté-là, car Joris ne peut ni voir ni entendre ce qui se passe à bord. Jo aurait d'ailleurs le temps de disparaître dix fois avant que Joris puisse regrimper sur le pont. Félix est dans tous ses états. Que faire? S'il intervient, il sera kidnappé lui aussi? Il est transformé en statue. Jamais autant de pensées n'ont traversé son cerveau aussi vite.

Dans les bras de l'homme, Jo se débat comme une bête prise au piège. Ses talons s'agrippent au sol rugueux du pont, pendant que ses dents tentent de se refermer sur les gros doigts. Elle résiste de toutes ses forces, mais l'homme la retient fermement. Un cri réussit à s'échapper de sa gorge:

— Félix, aide-moi!

C'est précisément le coup de fouet dont Félix avait besoin. Il s'amène, mais l'homme a déjà atteint la passerelle menant au yacht bleu qui attend sur le canal. Tête baissée comme un bouc, Félix fonce sur lui de toutes ses forces. Hélas, la brute l'a senti venir. Comme un éclair, il lève Jo de terre et la fait tourner autour de lui comme un cerceau. Bien évidemment, Jo n'avait pas prévu le geste et ses jambes tendues à l'horizontale frappent Félix en pleine poitrine, exactement comme l'homme l'avait espéré.

Félix perd l'équilibre et s'étend de tout son long sur le pont du bateau, sonné, étourdi. Étrange comme la peur peut parfois disparaître pour faire place à une rage folle. C'est exactement ce qui arrive à Félix, dont la main vient de toucher un solide bout de bois qu'il soulève comme une allumette. Il hurle:

— Lâchez Jo! Lâchez-la!

Au bout du bras frêle de Félix, la planche tournoie un moment dans l'air avant d'atteindre son objectif et le bonhomme la reçoit à toute volée au creux des reins. Instinctivement, sa main lâche Jo pour se porter au point douloureux. Il voit des chandelles, pas longtemps mais juste assez pour que Jo lui glisse des bras et s'élance avec Félix vers le *Krackie* que Joris a démarré. Du pont, ils sautent tous les deux sur le petit bateau et atterrissent pêle-mêle aux pieds d'un Joris ahuri.

— File, Joris, crie Félix. Vite!

Joris avait bien senti la commotion au-dessus de sa tête, mais tout s'était déroulé trop vite pour qu'il ait eu le temps de se poser des questions. Il comprend en apercevant la tête de l'homme qui court et hurle là-haut sur le pont du bateau-mystère. Il fait tourner son moteur à plein régime et le *Krackie* démarre à toute vitesse sur l'eau noire du canal. Ni Jo ni Félix n'ont encore réussi à reprendre leur souffle alors que Joris file vers la rive pour dissimuler le petit *Krackie* dans l'ombre des maisons qui cachent le canal aux rayons de la lune.

Félix tousse, les deux mains sur son ventre. C'est que les pieds de Jo ont frappé plus fort qu'il n'aurait cru! Jo lui sourit dans le noir et touche son épaule en lui plaquant un gros baiser sur la joue. Sans savoir pourquoi, Joris sent bien que Félix est soudainement devenu le héros. Bon joueur, il s'exclame:

— Bravo, Félix!

Jo approuve.

— Je comprends! Je ne sais pas ce que j'aurais fait sans lui. Jamais je n'aurais pu me libérer de cette grosse brute. Félix, je

ne savais pas que tu pouvais être aussi
brave et courageux.

Félix rougit et avoue en toute humilité.
— Moi non plus, d'ailleurs!

Jo et Joris éclatent de rire. Joris aurait-
il un petit pincement au cœur de ne plus
être le seul héros à bord? *Krackie* rentre au
port en silence...

On quitte Amsterdam

Félix et Jo arrivent à l'hôtel à bout de souffle, un peu inquiets de l'accueil que leur réserve Tom à qui ils n'ont donné aucune nouvelle de la journée. Ils vont filer à la salle à manger lorsque le gérant de l'hôtel les arrête. Quoi? Ils doivent quitter l'hôtel dès le lendemain matin? Impossible. Où est donc passé Tom? En moins de deux, ils frappent à la porte de sa chambre.

Pâle, les traits décomposés, l'air piteux, Tom est bel et bien en train de faire ses bagages.

— Qu'est-ce que tu fais là? demande Jo. On ne peut absolument pas partir maintenant.

Tom dépose un paquet de chaussettes

dans sa valise sans même lever les yeux vers Jo.

— J'ai bien peur que oui, dit-il. Il y a quelques charmants personnages qui m'ont déjà repéré et je suis sûr qu'ils ne mettront pas grand temps à vous trouver aussi. Je ne peux pas courir ce risque, c'est trop dangereux.

Encore tout fier de sa victoire, Félix ouvre la bouche pour annoncer à Tom qu'ils ont rencontré quelques petits dangers eux aussi, mais Jo l'interrompt.

— Qu'est-ce que tu dirais si on avait découvert un vrai gros crime? Nous promettrais-tu de garder le secret?

Tom est évidemment assez intrigué pour arrêter d'empiler ses vêtements dans la valise pendant un moment.

— Quel genre de crime?

— Le vol d'un vrai tableau de Van Gogh, par exemple...

Félix coupe:

— Et l'existence d'un bateau non flottant, par exemple...

Tom est complètement éberlué. Qu'est-ce que le bateau vient faire dans le tableau? Ou est-ce le tableau dans le bateau?

Félix est lancé.

— Ouais, à l'île Princen, s'il vous plaît, et...

Pour la deuxième fois, Félix reçoit un

174

coup de pied de Jo qui lui annonce qu'il a intérêt à se taire. Il devient encore un peu trop bavard.

On pourrait dire que Félix est sauvé par la cloche, parce que juste à ce moment-là, la sonnerie du téléphone retentit dans la chambre. Il prend le récepteur, écoute attentivement, puis raccroche en chuchotant:

— Joris a des problèmes, viens vite, il a besoin de nous.

Si Tom n'avait pas été au bout de ses émotions pour la journée, il aurait peut-être trouvé assez de ressort pour retenir les enfants, mais il lui reste à peine la force de lever la main en signe de protestation. Jo et Félix ont déjà disparu. Bizarre cette ville où tout le monde a l'air d'apparaître et de disparaître de façon on ne peut plus inattendue!

Félix et Jo sont déjà rendus au bateau-maison des parents de Joris où ils l'aperçoivent en même temps, assis à l'avant du pont, le visage caché dans ses mains. En moins de deux, Jo est près de lui et l'entoure de son bras, mais Joris la repousse.

— Qu'est-ce qui t'arrive? demande Jo, angoissée.

Joris refuse de répondre, et d'ailleurs, ce n'est pas nécessaire parce que Félix vient de comprendre. Du bout de son index, il indique à Jo la source du malheur de Joris.

Serré entre deux gros bateaux-maisons, le petit *Krackie* de Joris gît dans l'eau du canal, avec à peine un morceau de sa coque verte qui pointe à la surface de l'eau comme pour appeler au secours. Quelqu'un est venu couler *Krackie*.

Jo est atterrée. Elle se sent un peu coupable de ce qui arrive à Joris. Elle essaie de l'encourager de son mieux, mais il reste inconsolable.

La mère de Joris aussi est désolée du malheur qui frappe son fils. Comme il était fier de son petit *Krackie* et combien il l'aimait! Pourquoi existe-t-il des gens capables de détruire sans raison les petits bonheurs des autres? Pour tenter de le réconforter un peu, elle lui a mijoté son repas préféré auquel elle a aussi convié Jo et Félix. Elle pose une belle assiette fumante devant son fils qui la repousse aussitôt malgré l'odeur alléchante qui lui chatouille les narines. Son esprit est ailleurs. Il est obsédé par *Krackie*. On n'a jamais beaucoup d'appétit lorsque le cœur est malade.

— Je comprends maintenant pourquoi il avait si peur d'aller au cimetière marin, murmure Joris, il savait que son heure était venue.

— Non, proteste Félix, il est bien trop jeune. C'est sûrement l'homme à l'oie qui l'a coulé. Tu ne peux pas savoir combien il était furieux que je lui aie arraché Jo des bras.

Pourquoi tourner le fer dans la plaie? Il vaut mieux ne pas parler de *Krackie*. Jo intervient.

— Qu'est-ce qu'on va faire au sujet du bateau-mystère? Nous et Willum sommes les seuls à savoir où se trouve le tableau volé, on ne peut pas les laisser le sortir de là.

— Et Winkler? Maintenant que nous l'avons retrouvé, il faut le forcer à te rendre ton dessin, Jo. C'est pour ça qu'on est là.

Soudain, un appel leur parvient du père de Joris qui regarde les informations dans la pièce attenante.

— Joris, viens vite!

Tout le monde se précipite juste à temps pour apercevoir sur le petit écran... le bateau-mystère! L'animatrice commente.

— Voici le fameux tableau volé de Van Gogh et cet homme...

Non, pas possible! Les enfants sont muets de surprise. Mais oui, c'est bien le docteur Bruno Winkler qui vient de faire son apparition à l'écran, menottes aux mains et solidement encadré par deux policiers. Mais attention, ils n'ont pas encore appris le pire. Voilà Tom, «leur» Tom qui faisait tantôt ses bagages pour quitter Amsterdam! Sourire radieux accroché aux lèvres, béat de satisfaction, il écoute les commentaires de l'animatrice.

— Et voici monsieur Tom Mainfield, le journaliste québécois qui a retrouvé le fameux tableau...

Joris est horrifié.

— Qui c'est celui-là?

Félix est rouge jusqu'à la pointe des oreilles. Pourquoi a-t-il vendu la mèche à Tom?

— C'est le journaliste qui nous accompagne, dit-il piteusement.

Joris est tellement pétrifié qu'il en a presque oublié *Krackie*. Il est blanc de colère. Avoir réussi tout ça et se faire devancer par un hurluberlu de journaliste? Il lève le poing en criant:

— Vous n'aviez pas le droit d'en parler! C'était NOTRE histoire.

Tom est tout sourire et sa satisfaction crève l'écran.

— Dites-moi, monsieur Tom, demande l'animatrice, que faisait donc le docteur Winkler avec ce tableau volé?

— C'est simple, explique l'apprenti détective, il le faisait reproduire pour vendre les copies comme des originaux de Van Gogh.

— Mais qui aurait acheté un tableau

célèbre quand tout le monde sait qu'il a été volé?

— Des filous comme lui, explique Tom le grand connaisseur. D'ailleurs, pas fou le docteur Winkler, il vend les faux et garde l'original. Je le sais, j'ai vu sa maison en faisant mon enquête, elle est pleine d'œuvres d'art...

L'animatrice l'interrompt:

— Vous m'intriguez beaucoup, monsieur Tom, sûrement vous n'êtes pas venu de si loin seulement pour retrouver ce tableau volé?

La voix de Tom laisse percevoir une brève hésitation qu'il contrôle aussitôt. Il sourit en haussant les épaules.

— En fait, non, pas précisément, mais l'autre raison de mon voyage est devenue tout à fait secondaire maintenant...

Le voyage dans le temps

Secondaire?... Le dessin qu'on lui a volé est devenu secondaire et sans importance? Le cœur de Jo se remplit de larmes. Ce n'est pas parce qu'il y a de plus graves problèmes ailleurs que les nôtres deviennent pour autant secondaires. Winkler est en prison, soit, et surtout le tableau du grand maître Van Gogh a été récupéré. C'est vrai que c'est un grand bonheur pour Jo, mais la tromperie dont elle a été victime n'est pas réparée, et il est bien évident que ce Tom ne s'en soucie plus le moins du monde. Il l'a son gros titre «à la une», non seulement dans son journal local mais dans ceux du monde entier peut-être. Pourquoi aiderait-il Jo à retrouver son petit dessin sans importance?

Jo se sent seule, triste et désemparée. Discrètement, elle quitte la pièce où les autres continuent de regarder la télé et monte sur le pont du bateau où se trouve une minuscule cabine surmontée d'un puits de lumière. Seule une étroite banquette baignée d'un rayon de lune semble meubler la pièce. Jo s'y allonge et regarde le ciel étoilé au-dessus de sa tête. Les pensées qui lui trottent dans la tête sont aussi nombreuses que les étoiles. Pourquoi la vie est-elle si injuste? C'est pourtant grâce à son aide que Willum s'est tiré du pétrin. Et Tom? Jamais il ne serait venu à Amsterdam sans son petit dessin qu'il qualifie maintenant de secondaire. Mais surtout, Jo est ulcérée par l'attitude des garçons, dont la plus grande préoccupation semble être de voir Tom empocher à leur place la récompense promise à celui qui retrouverait le tableau volé. Que peut faire Jo?

Il ne lui reste plus qu'à rentrer au Québec comme une sotte petite fille qui avait cru ses dessins si bons que même les fins connaisseurs d'art les pensaient de Van Gogh ? Elle devra vivre pour toujours avec cette méprise? Non, Jo ne peut pas se résigner, mais qui peut l'aider? Oh, si seulement Vincent était vivant... De ce quelque part où il est maintenant dans l'univers, peut-il encore la secourir?

Les étoiles scintillent dans le ciel et Jo y accroche ses yeux, ses rêves, son espoir. Les étoiles bougent, tourbillonnent, deviennent une grande roue magique, exactement comme une toile de Van Gogh qui s'appelle «La Nuit étoilée». Jo ne sait pas très bien si elle rêve ou si elle est éveillée. Puis la roue s'arrête et les étoiles se dispersent. Elles s'éloignent, se rapprochent les unes des autres, se reforment pour dessiner le contour d'un visage avec deux petits yeux, un nez, des cheveux coupés ras. Une bouche où se dessine un sourire étoilé. Jo reconnaît soudain le visage de Vincent dans le ciel... Vincent qui l'appelle!

Sur son étroite banquette, Jo devient légère comme un nuage. Elle ne sent plus la fraîcheur du soir qui l'avait fait frissonner, mais ses larmes sont restées accrochées à ses cils comme autant de petites étoiles qui lui brouillent la vue. Pourquoi le visage de Vincent là-haut devient-il plus grand et le bateau plus petit? Elle a l'impression de quitter la terre, de s'élever dans l'air tiède comme un grand papillon aux ailes déployées. Elle ne ressent ni vertige ni peur, elle vole seulement vers un visage souriant qui brille au milieu de la nuit. En tournant sur elle-même dans l'espace, comme une bulle au ralenti, elle aperçoit même sans surprise son corps à elle, toujours allongé sur la banquette. Jo sourit à son image terrestre.

Elle file, devient transparente, lumineuse, une étoile parmi les autres. Soudain, une allée blanche s'ouvre devant elle, vaporeuse et douce comme du coton ouaté. Elle s'y sent happée, avalée, elle glisse dans la blancheur laiteuse, virevolte, ondule comme un voile léger que soulève la brise. Jo se laisse porter.

Puis, peu à peu, la lumière change. Les tons bleutés s'accentuent, une lueur dorée apparaît comme un faible rayon de soleil.

Jo sent ses bras qui s'alourdissent. Une tache de vert tout à coup, puis... un éclair jaune qui l'aveugle un moment. Elle descend, de plus en plus vite mais sans heurt, aussi gracieuse qu'une hirondelle. Elle ouvre tout grands les yeux.

La couleur de la terre séchée est maintenant clairement visible. Au loin, elle aperçoit des champs plantés de vignes, des oliviers, puis une petite maison au toit rouge entourée de cyprès centenaires.

Et c'est le choc! Jo frappe durement le sol. Allongée face contre terre, elle reste longtemps immobile, étonnée de ne ressentir ni douleur ni courbature, pas même un étourdissement. Dans les champs qui l'entourent, les cigales donnent un concert pour elle toute seule.

* * *

C'est la voix d'un homme en colère qui lui fait dresser la tête. Il parle hollandais. A-t-elle donc fait ce long voyage pour retomber en Hollande? Le ciel est pourtant beaucoup plus bleu qu'à Amsterdam.

Jo se relève, se dépoussière un peu et traverse la plantation d'oliviers vers l'endroit d'où provient la voix.

Elle aperçoit un homme étendu sur le sol. Manifestement, il vient de dégringoler de son escabeau et il est furieux. Il se relève péniblement et, en grommelant, redresse l'escabeau qu'il place à côté de son chevalet. Quoi? C'est un peintre? Jo ne peut distinguer ni l'homme ni la toile sur laquelle il s'est remis à travailler. Elle s'approche doucement.

Elle va traverser le petit chemin de terre qui la sépare de l'homme lorsque, soudain, un bruit d'essieux grinçants la fait reculer. Sur la route, un chariot bleu s'avance en évitant tant bien que mal les profondes ornières. Assis sur la banquette, un vieil homme endormi se laisse mener par son cheval en toute confiance. Sûrement, il a fait mille fois cette route, mais Jo s'étonne. Un chariot tiré par un cheval? Ce n'est pas beaucoup de notre époque...

Perplexe, elle traverse silencieusement la route et se poste derrière un olivier, non loin du peintre. Jo note aussitôt le sarrau maculé de peinture et le chapeau de paille à large rebord qui lui dissimule le visage. À grands traits de pinceau, il couvre la toile de couleurs vives que Jo s'étire pour mieux voir. Des vignes se penchent comme pour aller s'accrocher à une petite maison alors qu'au loin, les ruines blanchâtres d'un château brillent sous un radieux soleil de midi. Soudain, Jo reconnaît le tableau. Une œuvre de Van Gogh!

N'en croyant pas ses yeux, Jo se pince la joue. Rêve-t-elle? Non, il est bien là devant elle, en train de peindre un tableau qu'elle connaît fort bien. Tout à coup, elle se sent inquiète, intimidée, effrayée. Doit-elle s'approcher de lui?

Hésitante, elle quitte sa cachette et fait quelques pas vers lui. L'homme est de nouveau grimpé sur son escabeau pour mieux voir le paysage qu'il peint. Doucement, Jo murmure son nom: «Monsieur Van Gogh?». Il est tout à son travail, il n'entend rien. Jo s'avance encore un peu lorsqu'elle le voit descendre de son escabeau pour regarnir sa palette de couleurs.

— Monsieur Van Gogh, puis-je vous parler un instant?

Cette fois l'homme tourne la tête vers

elle. Il lui lance un regard agacé mais intrigué aussi. Il l'observe un moment.

— Tu n'es pas d'ici... Qu'est-ce que tu fais là?

— J'aimerais vous parler... Je m'appelle Jo et je viens du Québec.

Mais le peintre revient à son tableau, il n'aime pas qu'on le dérange lorsqu'il travaille. Sans la regarder, il marmonne:

— Bonjour, Jo du Québec... Au revoir, Jo du Québec.

Jo est atterrée. A-t-elle fait tout ce chemin pour que Vincent, son idole, refuse de lui accorder même une toute petite parcelle de son temps? Immobile, elle suit longtemps le mouvement fascinant du pinceau sur la toile comme pour mieux s'accrocher à son rêve. Enfin, de guerre lasse, elle détourne les yeux et va s'éloigner lorsque, à quelques pas devant elle, un tableau appuyé à un tronc d'arbre attire son regard. Elle le reconnaît aussitôt, c'est une des toiles qu'elle a accrochées au mur de sa chambre. Sans réfléchir, elle s'exclame:

— Le Jardin des maraîchers! J'ai toujours adoré cette toile.

Le pinceau de Vincent s'est immobilisé dans le vide comme un oiseau-mouche qui butine une fleur en battant des ailes pour se maintenir en équilibre. À regret, il se tourne enfin vers Jo.

— Qu'est-ce que tu racontes, tu as «toujours» aimé ce tableau? Je viens à peine de le terminer.

Jo se cramponne aux mots de Vincent comme à une planche de salut. Elle a enfin retenu son attention. Aussitôt, elle revient vers lui.

— Je connais très bien ce tableau.

Cette fois Vincent la regarde avec des yeux qui voient. Il note ses étranges vêtements, entend son accent, remarque une allure dégagée qui n'est pas celle des enfants du village. D'où sort cette petite? Son regard est sérieux, intense, et elle n'a sûrement pas l'air de lui faire une blague. Le peintre est mystifié.

— Comme sais-tu mon nom? Comment peux-tu connaître mon œuvre?

Inconsciemment Jo compare le bleu intense des yeux de Van Gogh aux images qu'elle a vues de lui. Quel curieux mélange de douceur, de volonté, d'angoisse. Sa voix est mélodieuse, mais syncopée aussi, sa phrase est brève comme quelqu'un qui n'a pas de temps à perdre. L'air étonné de Van Gogh la fait rire soudain. Elle sait des choses qu'il ne sait pas.

— Si vous m'expliquez pourquoi vous peignez de cette façon, je vous dirai...

De sa main, elle imite le geste circulaire de Vincent lorsqu'il applique la peinture sur la toile. Il sourit pour la première fois. Un réconfortant sourire qui encourage Jo à poursuivre.

— Je suis un peu peintre aussi, vous savez...

Vincent est non seulement intrigué mais amusé par l'audace de cette jeune fille. Il rit franchement et lui tend son pinceau dégoulinant de peinture.

— Alors, vas-y, peins!

Jo est prise à son propre piège. Ses doigts se replient sur eux-mêmes comme pour se protéger de la tentation et de la frayeur d'y céder. Jamais elle n'oserait toucher un tableau du maître! Le pinceau reste là, pointé vers elle alors qu'elle recule d'un pas.

— Bien sûr que non, je gaspillerais votre œuvre.

Vincent insiste, lui pousse le pinceau dans la main.

— Allez, je te dis, peins.

Tremblante, Jo s'avance vers la toile, elle lève le bras qui paralyse aussitôt à un poil du tableau. Elle regarde la couleur bleu sombre, presque noire qui va couler du pinceau. Il allait l'appliquer sur le grand cyprès qui enroule ses branches tortueuses derrière la petite maison blanche. Avec le même geste brusque qu'elle a vu faire à Van Gogh, elle se décide enfin et ajoute à l'arbre une autre branche qui s'élève dans le ciel comme une spirale de fumée. Enthousiaste comme un enfant qui s'amuse, il crie:

— C'est bien, bravo, continue!

Timidement, Jo fait son geste une autre fois.

Vincent a refermé sa grande main sur la sienne. Il trempe le pinceau dans la tache de couleur de la palette et exécute avec elle de grands mouvements endiablés sur la toile. Elle sent le tissu qui bouge sous la pression de leurs doigts réunis.

— Tu vois? demande Vincent. Tu sens l'énergie qui circule dans tes doigts, ton bras, ta tête? Tu la sens autour de toi? Comme les grandes vagues qui frappent la coque d'un navire?

La peur de Jo s'est envolée. Elle est envahie par cette force qui l'entoure, la pénètre, la submerge. Le bleu-noir couvre la toile et les branches du cyprès naissent sous ses yeux. L'arbre est là, vivant. Jo est exaltée, emportée par la magie du moment.

— Et si on peignait de petits cercles noirs?

— Des cercles noirs? s'étonne Vincent.

— Mais oui, comme les cercles que vous avez dessinés derrière la tête du Facteur Roulin.

Vincent se frotte les yeux.

— Je n'ai jamais dessiné de petits cercles noirs autour de Roulin!

— Alors vous le ferez, insiste Jo. Non seulement je les ai vus, mais je les ai moi-même reproduits!

Vincent la regarde longuement comme si elle tombait d'une autre planète. Puis il dépose le pinceau et la mène doucement à l'ombre d'un olivier.

Devant elle, il dépose le panier dans lequel il a emporté son maigre repas: une miche de pain, un morceau de fromage, du vin.

— Allez, mangeons un peu et raconte-moi tout ce que tu sais sur moi...

Soudain Jo est affolée. Il ne s'agit plus d'un jeu. On ne peut pas toucher ainsi à la vie des autres sans y laisser une marque. Elle sait sur lui des choses qu'il ne soupçonne même pas et elle connaît déjà les joies et les peines qu'il vivra; elle connaît même l'œuvre qu'il n'a pas encore réalisée.

Oui, Jo a remonté le fil du temps qu'il n'a pas encore tissé. A-t-elle le droit de lui dire que sa vie sera trop courte? Il attend.

— Et si j'allais changer le cours de l'Histoire? demande Jo en riant nerveusement.

— Personne ne change le cours de l'Histoire, déclare Van Gogh sentencieusement.

Ah, vraiment?

L'Histoire...

Assise sur un tapis de lierre, Jo sent la tiédeur de la terre qui la pénètre. Elle regarde l'homme qui lui tend une miche de pain et un gobelet de vin rouge. Il sourit, insouciant.

— Raconte-moi, Jo du Québec. Qu'est-ce que j'ai fait dans ma vie?

— J'ai lu votre histoire dans un livre... commence Jo.

Un grand éclat de rire l'interrompt.

— Dans un livre? Absolument impossible, dit Vincent. C'est à peine si on sait que j'existe. Personne ne pourrait écrire un livre sur moi.

— Des centaines de livres sont écrits sur vous, proteste Jo vivement.

Moqueur, il tend la main vers elle.

— Alors, montre-m'en un.

Jo navigue entre les récifs. Comment dire? Comment expliquer?

— Je n'en ai pas ici. Ils sont chez moi, dans le futur.

Vincent s'étouffe avec une lampée de vin. Cette fois, il sent le mystère s'épaissir autour de lui. Et si cette petite disait la vérité? Quelle vérité? Veut-il vraiment savoir? Est-il sage d'anticiper sur l'avenir? Vincent observe Jo dont l'épaisse chevelure noire se découpe sur le bleu du ciel.

— Quel futur, demande-t-il?

— De l'an 1990, murmure Jo.

Le visage de Vincent reflète ses doutes. Pour la première fois, il remarque la montre colorée attachée au poignet de la jeune fille. Qu'est-ce que c'est que ça? D'un geste hésitant, il prend la main de Jo, touche le plastique lisse du bracelet, le nylon soyeux de sa blouse. Puis, ses doigts se retirent brusquement comme si ces matériaux inconnus le brûlaient. 1990? Son regard perce Jo comme s'il traversait l'aile d'un fantôme. Un nuage blanc file dans le ciel clair sous la poussée du vent qui s'est levé. Le silence s'alourdit. Puis, Vincent murmure:

— C'est vrai, tu n'es pas d'ici, tu n'es pas d'aujourd'hui. Mais sûrement, personne ne me connaît à l'époque où tu vis.

— Au contraire, proteste Jo, vous êtes l'artiste le plus célèbre au monde!

La réaction de Van Gogh est inattendue. Une immense colère l'envahit. Il se lève brusquement, attrape la toile «Le Jardin des maraîchers» qui sèche sous les branches de l'olivier et il la tient à bout de bras devant ses yeux, sans la voir. Il crie en secouant la toile comme pour exorciser ses doutes.

— Impossible! Ce que tu racontes est impossible! Non seulement je n'arrive pas à vendre mes tableaux, mais je ne peux même pas les donner. Personne n'en veut!

Jo voudrait le prendre dans ses bras, le rassurer, lui dire que l'avenir lui donnera raison. Mais Vincent vit aujourd'hui et ce n'est pas ce mystérieux avenir de gloire qui met du pain sur sa table. C'est maintenant qu'il peine, qu'il doute, qu'il est heureux ou malheureux. C'est maintenant que ses amis sont là, qu'il peut les toucher. Demain? L'avenir? Jo non plus ne peut pas comprendre. Elle sait seulement qu'il est célèbre, maintenant qu'il est mort depuis 100 ans.

— Je ne peux pas vous expliquer, dit-elle tristement, mais vos tableaux sont dans tous les plus grands musées du monde.

Vincent contemple «Le Jardin des maraîchers» qu'il tient encore dans ses mains comme s'il tentait de se raccrocher à la réalité. Lentement, sa colère s'atténue. Il replace le tableau au pied de l'arbre.

— Tu comprends, Jo, seul mon frère Théo aime mes toiles.

Jo soupire. Comment lui expliquer?

— Non, Vincent, le monde entier aime vos tableaux.

Vincent grimace.

— Alors, les gens les achètent?

— Pas très souvent, avoue Jo.

Vincent bondit. Il vient d'attraper cette petite en plein délit de mensonge. Il avait eu raison de se méfier d'elle. Ça suffit, assez de temps perdu, il s'apprête à renvoyer Jo là d'où elle est venue. Sa voix est sarcastique:

— Si on les aime tellement, mes tableaux, pourquoi on ne les achète pas?

Vincent avait tout prévu, sauf la réponse de Jo.

— Parce qu'ils sont trop chers! Il y a quelques mois, un collectionneur japonais a payé quatre-vingt-trois millions de dollars pour votre toile «Le docteur Gachet».

Perdue dans sa connaissance du futur de Van Gogh, avait-elle seulement perçu sa réaction? Avait-elle compris qu'il avait mal interprété sa remarque? Non, bien sûr, car personne ne peut lire dans la pensée des autres.

Vincent n'est pas étonné, il est stupéfié, paralysé. Quatre-vingt-trois millions de dollars! C'est un chiffre qu'il ne peut même pas imaginer. On paie des dizaines de millions de dollars pour ses tableaux?

Un grand rire monte du fond de sa gorge, éclate sur ses lèvres, le secoue de la tête aux pieds comme une marionnette. Il s'étouffe, se tape le ventre. Pour un peu, il se roulerait dans l'herbe.

Jo est un peu abasourdie par la stupéfiante réaction de Vincent. Nerveusement, elle se met à rire elle aussi. Pendant un long moment, ils sont là tous les deux, tordus, larmes aux yeux, ne sachant plus très bien pourquoi ils rient si fort, à la fin.

Vincent se calme enfin. En essuyant les larmes qui ont mouillé ses joues jusqu'au bout de sa barbe, il ramasse lentement les restes du repas. Il plie son chevalet, range ses couleurs et prend ses toiles sous son bras. C'est fini pour aujourd'hui, la peinture!

Le soleil baisse à l'horizon et le ciel rougeoie. Au loin, les toits de la petite ville d'Arles dessinent des arabesques parmi les arbres de la vallée.

— Tu peux marcher jusque-là? demande Van Gogh. Je t'emmène chez moi.

— Oui, bien sûr, dit Jo encore secouée par les événements.

L'un à côté de l'autre, ils s'engagent lentement sur la petite route poussiéreuse. C'est le calme après la tempête. Jo s'imprègne du paysage qui l'entoure, du calme, de l'air pur et frais qu'elle respire à pleins poumons.

— J'aime bien le dix-neuvième siècle, dit-elle tout à coup, peut-être que je devrais y rester...

Mais les choses sont-elles aussi simples? Jo se rappelle soudain le but de son voyage: son dessin! C'est son dessin qu'elle était venue chercher et c'est Van Gogh lui-même qu'elle a trouvé!

Chemin faisant, elle raconte sa petite histoire à Vincent. Comme elle a perdu de l'importance maintenant! Pour un peu ils se remettraient à rire comme deux jeunes fous, mains tendues au-delà des siècles...

La chambre célèbre

Ils sont arrivés à la maison où habite Vincent, dans sa petite chambre au lit jaune comme la couleur de la paille. Il a peint cette chambre tant de fois et Jo l'a vue si souvent dans les livres d'art qu'elle a l'impression d'en connaître les moindres détails. La cruche au milieu du bassin, le miroir ovale au mur, les chaises de jonc et, bien sûr, tous ses tableaux accrochés au mur.

Vincent lance son chapeau dans un coin et s'installe à califourchon sur une chaise.

— Alors, où elle est la photo de ton fameux dessin? demande-t-il en souriant.

Jo s'assied sur le lit et fouille nerveusement dans ses poches. Elle ne la trouve pas. Pourtant, elle la portait toujours sur elle. Serait-elle disparue lorsqu'elle virevoltait dans les étoiles? Non, la voilà, pliée et repliée en petit bouchon pas plus grand qu'un carton d'allumettes. Elle déplie soigneusement la photo du magazine et la tend à Vincent.

— Vous n'avez pas fait ce dessin, n'est-ce pas?

Il ne répond pas, tout occupé qu'il est à examiner attentivement le dessin sous tous ses angles. Il le tourne et le retourne comme s'il cherchait à se rappeler.

— Je ne me souviens pas, dit-il enfin sans regarder Jo.

Le cœur de la jeune fille s'arrête de battre. C'est impossible, elle n'a pas rêvé tout ça. C'est elle qui a fait ce dessin, elle en est sûre, sur un autre continent, à une autre époque... Pourquoi Vincent hésite-t-il?

— Faites un effort, implore Jo, vous ne pouvez pas avoir oublié.

Vincent fronce les sourcils, il fait mine de réfléchir intensément. Puis son visage s'éclaire en un large sourire.

— Évidemment que je n'ai pas fait ce dessin. Je n'aurais jamais pu dessiner aussi bien à treize ans.

Jo pousse un profond soupir de soulagement.

— Vous me faites une signature? dit-elle en lui tendant son stylo.

Vincent s'amuse tellement qu'il ne remarque même pas le stylo moderne de Jo. Il s'assied près d'elle sur le lit.

— Je signe où? demande-t-il.

Enthousiaste, Jo lui indique un petit espace blanc au bas de la page.

— Écrivez: «Je déclare officiellement n'avoir jamais fait ce dessin et vous signez: Vincent Van Gogh.»

Vincent ne peut s'empêcher de rire. Quelle étrange jeune fille! Il griffonne les mots sur le papier avec le stylo de 1990 et le tend à Jo qui n'en croit pas ses yeux. Elle a une signature de Vincent, une vraie, pour elle toute seule! Ses yeux vont du dessin au visage de Van Gogh qui sourit toujours.

— Vous savez, dit-elle rêveuse, sur vos tableaux vous ne souriez jamais. J'ai toujours cherché une image souriante de vous, et maintenant, vous riez sans arrêt!

Une idée vient de surgir dans la tête de Vincent.

— Jo, je veux te donner un tableau...

— Quoi? Non, c'est impossible, proteste Jo, il n'en est pas question, ce serait vraiment trop changer l'Histoire...

— Et qu'est-ce que l'Histoire? demande Vincent en fouillant dans ses toiles appuyées au mur. Chacun de nous peut changer l'Histoire, chaque jour...

— Vous avez dit le contraire tout à l'heure, dit Jo, et sûrement pas cent ans plus tard!

— Oublie l'Histoire, je te dis. Tiens, prends une toile de ma petite chambre, j'en ai fait tellement que personne ne s'en apercevra...

Jo pose sa main sur le poignet de Vincent dont les yeux brillent de bonheur. Enfin, quelqu'un aime ce qu'il fait, comment il le fait, et mieux encore, quelqu'un le lui dit! Jo le regarde comme pour fixer chaque trait de Vincent dans sa mémoire, mais peu à peu, ce visage s'embrouille, les paupières de Jo s'alourdissent. Elle va sombrer dans le sommeil. Vincent s'inquiète.

— Tu as fait un long voyage, Jo du Québec, tu es fatiguée. Allez, allonge-toi un peu, dors...

Jo n'a même pas attendu l'invitation. Recroquevillée sur le lit étroit de Vincent, sa jupe rouge enroulée autour de ses jambes, elle s'est endormie.

Du seuil de la porte, Vincent observe un moment le visage de cette petite fille venue d'un autre siècle. Il ne sait ni de quel monde elle vient, ni comment elle est venue, et pourtant elle est là...

À la tête du lit, un tableau de Vincent montre de grands voiliers blancs qui se balancent doucement sur une mer qu'agite une brise légère. Jo dort, les voiles se gonflent alors que Vincent referme doucement la porte...

Le retour

Une vague frappe la coque du bateau et fait frissonner Jo sur sa banquette étroite. C'est le vent du soir qui fait claquer un drap suspendu sur le pont et l'arrondit comme la grosse voile maîtresse d'un navire qui va prendre le large. Jo ouvre les yeux.

— Vincent?

Il fait noir. Seul un jet de lumière entre par la petite fenêtre qui encadre un coin de ciel étoilé comme un tableau suspendu dans le vide. Jo se frotte les yeux, soupire. «C'était un rêve!» Mais alors, que fait donc là cette toile appuyée à la banquette? La petite chambre jaune de Van Gogh!

Jo entend des cris et des pas bruyants sur le pont, puis deux visages font irruption dans la porte de la cabine.

— Où étais-tu passée? crie Félix.

Jo est brutalement ramenée sur terre. Ce n'est jamais facile de passer du rêve à la réalité, surtout quand les deux se confondent comme maintenant dans la tête de Jo. Où est la vraie vie? Ses deux copains pétulants se chargent très bien de le lui rappeler avec leurs piétinements impatients sur le parquet. Pourtant, Jo hésite. Laconique, elle se contente de répondre:

— À Arles, avec Vincent...

Les deux garçons s'esclaffent. Décidément, c'est une obsession.

— Faudrait pas exagérer, rigole Joris.

— C'est pourtant vrai, dit Jo en tirant tranquillement de sa poche la photo de son dessin signée de la main du maître.

— Et cette toile? dit-elle en pointant la chambre jaune du doigt.

Félix absorbe le choc. Il a beau être habitué aux fantaisies de son amie, cette fois c'est un peu fort. Il attend prudemment la réaction de Joris qui, du revers de la main, balaie l'invraisemblance comme s'il était tout à fait normal qu'un tableau de Van Gogh se retrouve aux pieds de Jo dans la petite cabine. A-t-il soupçonné le rôle de sa mère? Très pragmatique, il s'exclame:

— Fantastique, alors tu es riche?

Jo proteste énergiquement. Comment riche? Pas question de vendre le tableau, elle va l'échanger à monsieur Hirodake contre son dessin.

Cette fois, même Félix est scandalisé.

— Tu donnerais des millions, comme ça, pour ton petit dessin?

Jo hausse les épaules, les garçons ne comprennent vraiment rien à rien. En soi, les choses qui arrivent dans la vie ne sont ni petites ni grandes, c'est l'importance qu'on leur accorde qui compte, mais comment leur expliquer l'importance qu'a son dessin pour elle? Le premier dessin de sa vie qu'elle a tiré tout droit de son imagination.

— Oui, je veux mon petit dessin, se contente de répondre Jo, et d'ailleurs, comment pourrais-je vendre le tableau? Vendre un cadeau qui me vient de lui?

Même pour des garçons à l'esprit pratique, l'argument a du poids. Félix hoche la tête et Joris s'en soucie d'autant moins qu'il a quelque chose de bien plus essentiel à montrer à Jo.

— Viens vite, dit Joris en l'attrapant par la main.

Ils grimpent en courant le petit escalier qui mène au pont, et Joris pose sa main tachée d'huile sur les yeux de Jo en la menant au garde-fou du bateau.

— Regarde, dit-il en retirant ses doigts.

Regarder où, quoi? C'est le bruit d'une

masse d'eau qui frappe la surface du canal qui attire son regard. *Krackatoa*! Le *Krackie* de Joris flotte! Le père de Joris a réussi à colmater la brèche et vient de tirer le dernier seau d'eau de la cale. Jo bat des mains.

— Son heure n'était pas venue, prononce sentencieusement Joris, sur un ton neutre qui cache mal sa joie. Jo plaque un gros baiser sonore sur la joue de Joris.

— Et moi alors? demande piteusement Félix.

Généreuse, Jo l'embrasse à son tour. Les rires fusent de partout, y compris du petit *Krackie* où le père de Joris observe la scène avec amusement.

Des rires, mais où pointe déjà une note de nostalgie. C'est difficile de s'arracher aux bons moments de la vie, même si l'on sait qu'ils laisseront de beaux souvenirs. C'est déjà l'heure des adieux et Joris soupire. Demain, ses amis du Québec seront en route vers leur pays...

* * *

En arrivant à l'hôtel, Félix et Jo ne sont pas du tout étonnés, cette fois, de constater que les bagages de Tom sont déjà à la porte. Ils le deviennent toutefois lorsque Tom leur annonce qu'ils ne vont pas rentrer à Montréal sur le même vol. Comment? Et son rôle de chaperon alors? Tom rit:

— Aucun problème, vous connaissez Montréal mieux que moi... et Amsterdam aussi, on dirait! Je pars ce soir et vous deux, demain matin...

Félix et Jo échangent un regard de connivence. Ils ne sont pas du tout fâchés de rentrer seuls tous les deux.

— Encore des détails à régler, explique Tom, très affairé. Comme récupérer ton dessin chez monsieur Hirodake, et puis signer les papiers pour remettre la récompense au musée de Van Gogh...

Tom disparaît en coup de vent sous les yeux éberlués des enfants. Peut-être pas si bête, après tout, ce Tom!

L'arrivée triomphale

Le bruit si caractéristique des grandes roues du train sur la voie ferrée fait tinter aux oreilles de Jo un son familier. Bientôt, le train sera en gare. Pour l'instant Jo est seule dans son compartiment et le nez collé à la fenêtre, elle regarde défiler le paysage. Est-ce un sourire sur ses lèvres? Une larme sur sa joue? Est-ce le vent qui soulève des tourbillons de poussières qui vont se coller au feuillage des arbres? Des taches de couleur se font, se défont, s'emmêlent et lui dessinent, pour elle toute seule, une myriade de petits tableaux où se figent les souvenirs.

Jo se recueille, s'absorbe dans son rêve, dans son dernier instant de silence avant d'entrer en gare...

D'entrer en gare? Pas encore. La porte du compartiment s'ouvre sous la poussée de Félix qui apparaît, tout sourire.

— Tu veux boire quelque chose?

Jo redescend sur terre.

— Bien sûr, Félix.

L'offre est gentille, mais elle tombe au mauvais moment, comme toujours. Le long coup de sifflet annonce l'arrivée imminente du train. Les freins crissent, secouent les wagons alors que Jo ramasse ses bagages en riant de l'air déconfit de Félix.

Soudain, elle entend la musique d'une fanfare et des cris joyeux. Le quai de la gare n'est pas assez grand pour contenir la foule venue accueillir Jo, l'héroïne du vil-

lage. Félix danse de joie. Ses lunettes bien plantées sur le nez, il accroche son plus beau sourire. Il est célèbre lui aussi, non? Il court vers la portière pendant que Jo le suit, plus posément.

Grand-mère, Bert, les parents, Pierre la petite peste, même madame Andrée sont là sur le quai. Et qu'est donc devenu Amsterdam? Et Joris, Arles, Vincent?... Les rêves de Jo traînent encore un peu dans sa tête, mais soudain, elle aperçoit grand-mère qui bouscule la foule, les bras tendus vers la portière. Jo ne peut plus résister. Elle tire son dessin de son sac, paraît à la portière et le brandit bien haut au-dessus de sa tête.

Le tumulte éclate de plus belle. La fanfare joue, les gens crient, se bousculent. Jo éclate de rire et prend Félix par le cou.

Un éclair de magnésium... Tom vient de fixer sur pellicule pour toujours le désormais célèbre dessin de Jo!

DANS LA MÊME COLLECTION

Contes pour tous

1 LA GUERRE DES TUQUES
Danyèle Patenaude et Roger Cantin

2 OPÉRATION BEURRE DE PINOTTES
Michael Rubbo

3 BACH ET BOTTINE
Bernadette Renaud

4 LE JEUNE MAGICIEN
Viviane Julien

5 C'EST PAS PARCE QU'ON EST PETIT
QU'ON PEUT PAS ÊTRE GRAND
Viviane Julien

6 LA GRENOUILLE ET LA BALEINE
Viviane Julien

7 LES AVENTURIERS DU TIMBRE PERDU
Michael Rubbo

8 FIERRO... L'ÉTÉ DES SECRETS
Viviane Julien

9 BYE BYE, CHAPERON ROUGE
Viviane Julien

10 PAS DE RÉPIT POUR MÉLANIE
Stella Goulet

À partir de 8 ans

1 LA MACHINE À BEAUTÉ
Raymond Plante

2 MINIBUS
Raymond Plante

3 LE RECORD DE PHILIBERT DUPONT
Raymond Plante

Achevé   Imprimerie
d'imprimer Gagné Ltée
au Canada Louiseville